쌍가매네
다섯 딸들

쌍가매네 다섯 딸들

장영진 장편소설

좋은땅

들어가며

난 오랫동안 다니던 회사를 그만두고 빈둥빈둥 집에서 쉬고 있었다.

계획했던 대로 세계 배낭여행을 몇 개월간 다녀오고 여전히 하릴 없이 늦잠을 자며 무료한 나날을 보내고 있던 어느 날, 문득 '글이나 써볼까?' 이런 생각이 불쑥 드는 것이다.

나는 글쓰기라면 영 자신이 없고 젬병이다.

일에, 시간에 쫓겨 사회생활을 하다 보니 오랜 세월 책 한 권 읽지 않았고 소설이란? 수필이란? 에세이란? 어떤 형식이며 어떻게 쓰는지도 모른다.

까마득히 기억난다.

소학교 때 국어시간이었는데 우리는 일기란 무엇이며 어떻게 쓰는가에 대해 배웠고 다음 날 일기를 써오는 것이 숙제였다.

숙제를 내주며 담임선생은 일기를 쓸 땐 날짜와 날씨를 쓰고 하루 일과 중 기쁘거나 잊히지 않는 일들을 쓰는 것이라고 했다.

난 공책을 펼쳐놓고 마구 엎드려 꽁다리 연필에 침을 묻혀가며 또 박또박 온갖 정성을 기울여 숙제를 했다.

다음 날 숙제 검열을 하는 시간이었다.

내 책을 들고 교단에 선 담임선생은 "지금부터 김성주 학생이 쓴 일 기를 읽어 드리겠습니다." 하더니 내가 쓴 글을 처음부터 또랑또랑 읽 기 시작했다.

'나는 아침에 엄마가 깨워서야 눈을 비비며 일어났습니다.

그다음 변소를 갔습니다. 그리고 세수를 했습니다. 밥을 먹었습니 다……'

이렇게 나는 하루 동안 내게 있었던 일들을 하나도 빠짐없이 구구 절절이 써 내려갔다.

그러다 보니 다른 애들이 쓴 일기보다 몇 배가 많은 여러 장이 되었다.

담임선생이 내가 정성껏 해온 숙제를 낭랑한 목소리로 읽어나가는 데 난 너무 부끄러워 책상 밑으로 처박은 얼굴이 홍당무가 되었고 쥐 구멍이라도 있다면 기어들고 싶었다.

구구절절이 내가 쓴 글을 다 읽은 맹 옥자는 "하하하…." 하고 폭소 를 터뜨리더니

"야 이 멍청아! 이거두 일기라고 써온 거야?" 한 다음 또다시 "하하 하…." 하고 배를 잡고 웃어대는데 온 학급 아이들도 교실이 떠나가라 앞뒤로 머리를 흔들고 온몸을 뒤틀며 배꼽이 빠져라 큰 소리로 웃어 젖혔다.

순간 나는 두 귀가 윙윙거리고 눈앞이 희뿌옇고 가슴이 쿵쿵거리고 머리가 어질어질하고 정신이 혼미해지며 현기증이 나 쓰러질 것만 같았다.

그다음부터 난 글이란 걸 써본 적이 거의 없다.

그런 내가 과연 글을 쓸 수가 있을까?

봄이 왔다. 목련이 필 때 길을 걷다 사진관 앞에 멈춰 섰다.

사진관 유리문 안에는 행복해 보이는 색 바랜 가족사진이 걸려있다.

할머니를 가운데 모시고 온 가족이 함께 찍은 사진이다.

어쩌면 이토록 꼭 같을까?

어쩌면 이토록 닮았을까?

꿈속에서도 그리워 불러보던 모습이다.

눈비가 내려도 못 잊어 눈물짓던 미소들이다.

즐거운 봄날에는 즐거워서 더 못 견디게 그리워지고, 눈 오는 겨울이면 시려와 더 사무치게 아파오는 사진 속 모습들이다.

그 꽃피는 봄날이었다.

할머니의 회갑 날이었으리라.

읍내의 절름발이 사진사를 자전거 뒷자리에 모셔와 찍었다.

나에게는 사진 한 장 남아 있지 않다.

난 유리문 앞으로 한걸음 더 가까이 다가섰다.

하얀 동정 깃에 크림색 바탕의 큼직큼직한 조금 더 선명한 목단 꽃이 수놓아진 모범단 저고리에 같은 꽃이 새겨진 감색 모범단 치마를

입으시고 하얀 작은 머리를 쪽지고 은비녀를 꽂은 할머니,

　그 옆에 하얀 옥양목 저고리에 까만 인조견치마를 입고 막내를 무릎에 앉히고 다소곳이 머리를 할머니 쪽으로 기울이고 앉은 어머니, 뒤편으로 나란히 둘러선 오빠와 언니들, 오빠 품에 안겨 있는 난 그때 다섯 살이었다.

　난 먼저 할머니를 그리련다.

　그런데 내 기억 속의 할머니는 가물가물하다.

　다섯 살 때 나의 기억으로는 말이다.

목차

1장
생의 흔적

'꼬끼오-' 푸릇푸릇 동녘 하늘이 밝아올 때면 순희네 수탉은 어김없이 해를 친다.

마을 공터의 높다란 황철나무에 매달린 나팔꽃 모양의 확성기에서는 "인민보건체조 가슴운동부터 시작 ~ 하나, 둘, 셋, 넷 ~" 하고 온 마을에 울려 퍼진다.

순이네 수탉이 잠잠해지면 아름드리 황철나무 밑동에 매달린 무쇠종이 땡~ 땡~ 울리고 "세대주들은 공동작업 나오시오." 하는 인민반장의 고함소리가 크게 들려오는데 집집의 아버지들은 창고에서 삽이나 곡괭이를 둘러매고 황철나무켠, 공동변소 짓는 데로 모여든다.

"거~ 순희네는 왜 아직 안 나오는 거요?" 누군가가 소리치고 세대주가 몸이 편치 않아 못 나오는 어느 집에선 대신 중학생 아들이 꽉지를 들고 나선다.

집집의 굴뚝에서는 아침밥 짓는 하얀 연기가 피어오르고 중학생 오빠는 한 손에 책을 들고 양을 끌고 뒷산으로 오른다.

할머니는 한 손에 호미를 들고 텃밭에서 파릇파릇 자라는 마늘 김을 매는데 마늘 이파리에는 아침이슬이 차갑게 맺혀있다.

아침 일곱 시 사이렌 소리가 울릴 때까지 허리를 꼬부리고 김을 매던 할머니는 마늘쫑을 한 손에 꺾어들고 허리를 쭉 편 다음 집 앞 개울물에 헹구며 씻으신다.

누렁이는 할머니 뒤를 졸졸 따라서고 닭들은 목을 길게 빼들고 날갯짓을 하는데 엄마는 앞뒷문을 활짝 열어 놓고 큰 가마솥에서 아침밥을 푼다.

할머니가 금방 텃밭에서 딴 길다란 마늘쫑을 송송 썰어 된장과 함께 오빠 도시락에 담는데 옥주 언니가 할머니 곁에서 냉큼 하나를 집어먹으러 손을 내민다.

그러자 할머니는 손을 탁 치며 "이년아, 오빠 도시락에 감히 손을 댈려구…." 하고 그러는 할머니를 옥주 언니는 흘겨보며

"씨~ 오빠. 그저 오빠. 딸년들은 사람도 아닌가." 하며 입을 삐죽 내민다.

할머니는 그러신다.

파란 마늘쫑은 오빠 도시락에만 싸야 하고 맛있는 건 오빠만 먹어야 한단다.

오빠만 공부를 하면 되고 딸들은 공부를 해서는 뭣하냐? 이러신다.

문학소녀인 금주 언니가 아랫목에 이불을 뒤집어쓰고 앉아 두툼한 소설책을 읽으며 눈물을 뚝뚝 흘리는데 무거운 다라를 이고 집에 들어선 할머니는 "이년아! 냉큼 받아라. 뭘 꾸물거리고 있니?" 한 다음 "이년아. 냉큼 일어나서 이걸 받지 못하겠니? 그 책에서 밥이 나오나? 떡이 나오나? 저년은 그저~ 내 그 책을 아궁이에 집어넣을 테다." 했었다.

　아침 시간에 한바탕 전쟁을 치르고 어른들은 일하러 나가고 오빠, 언니들은 모이는 장소에 모여 씩씩하게 노래 부르며 등교하고 나면 마을은 고요하기만 하다.

　확성기에서는 경쾌한 노래가 울려 나온다.

　　찬란한 햇빛이 동산 가득 비치니
　　온갖 꽃 피어나 만발한다네.
　　눈부신 햇빛이 이 강산을 비추니
　　무지개는 곱게 다리 놓았네.
　　......

　높고 파란 하늘에 해님은 두둥실 떠올라 따뜻하고 밝은 빛을 비춰주고 할머니는 집 앞에 앉아 끄덕끄덕 조는 눈으로 뻐끔뻐끔 담배를 태운다.

　할머니 옆에는 누렁이가 길게 배를 뉘고 주둥이를 서늘한 땅에 처박고 한가로이 자고 있는데 난 할머니 앞에 쪼그리고 앉아 빤히 처다 보며 "할머닌 왜 담배를 피우세요?" 한다.

할머니도 여자이기에 담배는 순희네 할아버지나 아버지처럼 남자 들만 피우는 걸로 알기 때문이다.

밭이랑처럼 깊게 팬 주름투성이인 할머니 얼굴을 빤히 처다보며 대답을 기다리는데 할머니는 깊이 들이마신 담배연기를 후~ 하고 길 게 내뱉는다.

하얀 연기가 가물가물 피어오르는데 할머니는

"내 속이 타서 피운단다." 하신다.

그런 다음 "내속이 까맣게 타는 걸 세상이 알꼬?" 하는데 난 할머니 가까이 앉은 걸음으로 더 가까이 다가간다.

할머니 주름진 얼굴에는 눈비도 스쳐가고 비바람도 지나간 흔적이 고스란히 남아 있다.

고목에 검은 마른 버섯이 돋은 것처럼 홀쭉한 얼굴에 검버섯이 드 문드문 피어 있다.

나는 생각한다.

'할머니는 왜 속이 까맣게 타는 걸까?'

양 우리에서는 털북숭이 양이 불룩한 배를 뉘고 털에 가려진 두 눈 을 감고 부지런히 되새김질을 하는데 노란 호박꽃술 속에 꿀벌이 붕 붕 날아들고 하얀 감자꽃 위에는 한 쌍의 하얀 나비가 팔랑거리며 춤 을 춘다.

뻐꾹~ 뻐꾹~ 메아리로 들려오는 소리가 앞산에 있는 것 같기도 하고 뒷산에 있는 것 같기도 하다.

뻑뻑 담배를 피우시는 할머니는 뻐꾹새가 슬프게 운다고 생각하는 것 같은데 난 뻐꾹새가 노래한다고 생각한다.

매일매일 너무 좋아, 햇볕이 따스하고 하늘이 푸르고 숲이 우거지고 동산이 고요하여 노래한다고 생각한다.

나도 뻐꾹새처럼 매일매일 너무 기쁘고 즐거워 노래 부르고 싶어진다.

'뻐꾹새는 얼마나 좋을까? 저 고운 목청을 가졌으니' 하고 생각한다.

그래서 나도 뻐꾹새처럼 고운 목청을 뽑아보며 노래해 본다.

"뻐꾹~ 뻐꾹~ 뻑뻑꾹~"

뻐꾹새 소리도 잠잠해지고 정오가 가까워지면서 태양빛은 더 뜨거운데 마을은 풀벌레 우는소리만 들릴 뿐 점점 더 고요하기만 하다.

난 가물가물 귓가에 들려오는 풀벌레 소리와 매미 울음소리를 듣다, 처마 밑에 낮게 날아드는 제비를 쳐다보다 나도 모르게 스르르 맨땅에 잠이 들었다.

그러다 눈을 떠 보니 한없이 따뜻하다.

처마높이만큼 키가 크고 무쇠 팔뚝처럼 단단하고 떡판처럼 넓고 넓은 외삼촌 등에 내가 업힌 것이다.

둥그런 머리 위에 올려진 대학 모표가 달린 모자에 단정히 대학 교복을 차려입은 외삼촌은 김일성종합대학 정치경제학부 학생이다.

방학 때마다 평양에서 함흥의 외가에 들렀다 우리 집으로 온다.

"이제 몇 발자국이면 엄마 공장 다 갈까?"

그럼 난 "백 발자국." 한다.

그다음 "하나, 둘, 셋…." 하고 센다.

백 발자국만 가면 엄마 공장에 다 간다고 생각하기 때문이다.

외삼촌의 넓은 등에 업힌 난 양손으로 굵다란 외삼촌 목을 감싸고 엄마 공장으로 향하며 생각한다.

'난 이 다음 크면 외삼촌한테 시집갈 거야.'

원래는 백 부작 아동영화 "소년장수"에 나오는 주인공 고구려 소년 장수 쇠메한테 시집가고 싶었는데 이젠 아니다.

쇠메보다 더 크고 더 멋있는 외삼촌한테 가고 싶다.

난 그렇게 생각하다 또다시 사르르 잠이 든다.

뒷산에 올라 산나물을 한가득 뜯어 마당에 펼쳐 놓고 가리던 할머니는 갑자기 내 작은 손을 잡아 배에 갔다 대더니

"성주야. 할머니 아랫배 꼭꼭 눌러봐. 응, 그렇지. 거기야.

혹이 있어. 주먹만 한 혹이 있는 거야.

아랫배에 말이야. 옳지. 거기 더 눌러 봐." 하신다.

여름방학이어서 언니들은 학교에 가지 않고 마을 공터에서 팔짝팔짝 줄넘기를 하고 있다.

난 쪼르르 줄넘기를 하고 있는 큰언니한테로 달려가

"언니야. 밥 먹자. 열두 시다." 한다.

그러자 언니는 "할머니한테 가 달라고 해." 한다.

난 다시 쪼르르, 활짝 문이 열린 집으로 달려가 할머니를 흔들어 깨운다.

"할머니. 밥 먹자. 열두 시다."

입을 하~ 벌리고 반듯이 누워 계시는 할머니 얼굴 위에 파리들이 윙윙 날아다니는데 난 다시 꿈쩍도 안 하는 할머니를 흔들어 깨운다.

"할머니~ 밥 먹자. 열두 시다."

그러다가 겁에 질린 눈길로 할머니를 내려다 본 다음 자리를 박차고 언니한테로 달려간다.

"언니야~ 할마이 죽었다."

언니와 함께 집으로 달려온 나는 할머니의 가슴에 몸을 숙이고 한쪽 귀를 대본다.

심장이 멈춘 것 같기도 하고 조금씩 뛰는 것 같기도 하다.

몇 번 그러다 "언니야. 할마이 안 죽었다. 심장이 조금씩 뛴다." 한다.

그렇게 내 기억 속의 할머니는 세상을 뜨셨다.

할머니가 안 계시니 이젠 나 혼자 낮 동안이면 빈 집을 지킨다.

가마목에 쪼그리고 앉아 어두워지는 창밖을 종일 바라보며 두 손을 미지근한 가마솥 뚜껑에 올려놓고 엄마를 기다릴 때면 옷걸이 위에 높이 걸린 작은 스피커에서는 매일 어김없이 아동 연속극 『남쪽에서 온 편지』가 잡음과 함께 작게 들린다.

그리웁다 남녘의 나의 동무야

그리웁다 남녘의 나의 동무야

우리 함께 손잡고 노래 부르자

우리 함께 춤추며 노래 부르자

......

연속극 시작 전 애잔한 선율과 함께 들려오는 소년궁전의 어린이가 부르는 노랫소리를 듣노라면 마음은 더없이 슬프고 그리움에, 외로움에 몸서리쳐진다.

난 또다시 슬프게 울며 돌아오지 않는 엄마를 찾아 어두운 문밖을 나선다.

기다림은 길가에 하얗고 빨갛고 연분홍으로 피어나는 코스모스에 잠자리가 날아드는 초가을로, 해지는 길섶, 벼랑 턱에 똥벌들이 숨어드는 늦가을로 이어진다.

김장철. 어른은 일 인당 배추 오십 킬로그램. 무 이십 킬로그램.

아이들은 삼십 킬로그램. 십 킬로그램.

어른 일 명. 아이 육 명. 우리 집에 차례지는 배추는 이백삼십 킬로그램. 무 팔십 킬로그램이다.

오빠는 리어카를 앞에서 끌고 엄마와 언니들은 뒤에서 영차~ 영차~ 하고 당기고 밀며 가파른 집 언덕을 오른다.

식료 상점에서 우리 집 식료 카드를 체크하고 공급해 주는 김장용 굵은소금은 이십오 킬로그램이다.

쉬는 날. 집 바깥벽에 차곡차곡 쌓아놓은 배추를 엄마는 아침 일찍부터 다듬는다.

통이 굵은 배추를 집어 들고 엄마는 단단한 뿌리를 도려내더니 칼로 깎아 쪼그리고 앉은 나에게 내민다.

"까드등, 까드등" 소리 내며 씹히는 배추 뿌리는 참으로 달고 맛있다.

금이 간 김칫독은 콩을 삶아낸 콩물로 시멘트를 반죽해 정성껏 때우고 김치 움을 다시 파고 묻는 것은 오빠가 해야 할 일이다.

연한 소금물에 굵은소금을 간간이 뿌려가며 초절이를 하는 날에는 싸락눈이 내리는데 힘들고 바쁜 엄마를 도와 나선 언니들은 빨갛게 된 손이 시려 입김으로 호호 녹여가고 두툼한 사각 수건을 머리에 둘렀다.

작은 토기 단지에 절여 두었던 멸치를 가마솥에 끓여가며 죽처럼 다려 채에 거르고 소금에 절인 오징어도 송송 썰어 채친 무와 마늘, 고춧가루에 버무려 큰 다라 한가득 양념을 만든다.

빨간 양념이 먹음직스럽게 만들어졌을 때 엄마는 둥근 밥상에 노랗게 씻어 쌓아 놓은 배추 속잎을 떼어 내어 양념을 듬뿍 올려 내게 내민다.

난 넙적 받아 들고 맛있게 먹다, 다 먹은 다음 너무 매워 호호, 입술을 삐죽 내밀고 숨을 고른다.

얼마나 매웠던지 콧등과 이마에 송골송골 땀방울이 배어난다.

엄마와 금주 언니는 빠른 손놀림으로 양념을 고루 배춧속에 버무리고 은주 언니는 다 된 포기김치가 한가득 담겨지면 김치 움에 깊숙이 묻힌 독에 날라다 차곡차곡 넣는다.

그렇게 김장 전투가 끝나면 엄마는 녹초가 되고 밤새 팔다리가 저리고 온몸이 쑤셔 꿍꿍 앓으신다.

오빠가 가려낸 파란 배추 떡잎을 새끼줄로 엮어 처마 밑에 길게 매달고 텃밭에 저장용 무를 묻을 땐 눈꽃이 날렸고 하룻밤 자고 나니 손꼽아 기다리는 설날이 성큼 다가왔다.

섣달그믐날 순희네 집에서는 절구질 소리가 쿵~ 쿵~ 들리는데 어둠이 내리도록 엄마는 돌아오지 않는다.

난 집 앞에 쪼그리고 앉아 기다리고 기다리는데 징검다리 쪽으로 눈 위에 찍힌 엄마 발자국 위에 흰 눈이 하늘하늘 내려 덮인다.

작은 강아지도 주인을 기다리며 징검다리 길목에 우두커니 앉아 있다 낑낑거리며 마중 가자 하는데 스피커에서는

어머니 기다려 해가 저물던
정다운 징검다리 어디로 갔나?
······

하고 부르는 애잔한 노랫소리가 작게 들려온다.

기다림에 지친 나는 싸늘한 아랫목에서 작은 몸을 오므리고 잠이

들었나 보다.

쿵~ 쿵~ 부엌컨에서 들리는 절구질 소리에 눈을 떠보니 방안에 온기가 돌고 가마솥에서 뿜어져 나오는 수증기에 가려 앞이 보이지 않는데 창밖은 캄캄하다.

어두워진 저녁인 것 같기도 하고 새벽인 것 같기도 하다.

스피커에서는 "땡~ 땡~" 새해를 알리는 종소리가 들리고

"설날이 왔어요. 즐거운 설날이 왔어요." 하고 부르는 아이들의 노랫소리가 들려온다.

창밖으로 새날은 완전히 밝아오는데 눈 내리는 나뭇가지에 앉은 까치가 깍~ 깍~ 거린다.

송편을 빚는 엄마 얼굴엔 송골송골 땀방울이 맺혀 있다.

엄마는 접시에 먹음직스러운 송편을 담으며

"얼른 옷을 입고 순희네 집에 주고와." 하신다.

난 두 손으로 들고 순희네 집 앞에서 "순희 어머니~" 하고 부른다.

순희 어머니는 내 손에서 송편이 담긴 접시를 받아들며

"아이고, 예쁘게도 빚었네." 한 다음 엄마가 빚은 것보다 조금 더 크게 만든 송편을 담아주고, 그렇게 이 집 저 집 나눠 먹는다.

아이들은 눈밭에 뒹굴며 썰매를 타고 오빠는 목데기(스케이트 날에 나무를 댄 것)를 목에 걸고 얼어붙은 호수 공원으로 나선다.

나이가 한 살 더 먹은 그 해 봄. 난 소학교에 입학했다.

입학식 전날 밤. 엄마는 밤을 지새우며 할머니가 입으시던 연두색

바탕에 연분홍 함박꽃이 수놓아진 양단 치마저고리를 뜯어 내 몸에 맞게 손바느질로 곱게 지었다.

하얀 회칠을 한 4층 건물 중앙에는 빨간 글씨로 "조선을 위하여 배우자."라는 글씨가 큼지막하게 나붙어 있고 우리 반 교실은 바다가 한눈에 내려다보이는 4층 왼편이다.

까만 칠판 위에는 원수님 초상화가 모셔져 있고 교실 뒤편에는 "김일성 원수님의 참된 아들딸이 되자."라는 글씨가 새겨진 벽보판이 나붙어 있다.

활짝 열려진 창으로 파란 하늘이 보이고 바다도 보이고 따뜻한 햇살이 비쳐드는데 작은 새 한 마리가 교실로 날아들어 교탁 위에 앉아 신기하고 두려운 듯 꼬리를 달싹이며 작은 머리를 갸웃거린다.

아이들은 선생님의 풍금에 맞추어 소리높이 노래 부른다.

아름다운 우리나라 참 좋은 나라
산에는 금은보화 바다엔 고기
넓고 넓은 들에는 오곡이 물결치는
아름다운 우리나라 참 좋은 나라.
……

아침 시간이면 집 안은 전쟁터를 방불케 한다.

엄마 얼굴은 소련 예술영화 「여전사의 기쁨과 슬픔」에 나오는 여주인공 얼굴이다.

강인함과 비장함까지 감돈다.

"성주야, 학교 가자." 밖에서 부르는 순희 목소리다.

"너, 먼저 가면 안 되겠니? 우리 성주 아직 밥도 못 먹었단다." 가마
솥에서 밥을 푸던 엄마가 말하는데

"저, 밖에서 기다릴게요." 하는 순희다.

학급 아이들은 7시 30분까지 모이는 장소에 모여 대열을 지어 씩씩
하게 노래 부르며 교정으로 들어선다.

그다음 전교가 운동장에 학급별로 정렬해 외모 검열을 진행한 다
음 연단에 올라선 교장선생님께 제일 앞쪽 우측에 선 단위원장이 보
고한다.

"단 전체 차렷, 가운데로 봐~" 양손을 허리께 올리고 달려 나간 단
위원장은 연단 이삼십 미터 앞에서부터는 오른손을 펴 가운데 이마
위로 올리고 양발을 높이 들며 씩씩하게 정보로 다가가 삼사 미터 앞
에 멈춰 선 다음 보고한다.

"교장선생님. 전교는 아침조회를 받기 위하여 정렬하였습니다. 단
위원장 김××"

그러면 교장선생님이 가운데 이마 위로 올렸던 손을 내리며

"쉬엇하시오" 한다.

교장선생님의 일장연설이 끝나면 단위원장은

"단 전체 차렷~ 1분단은 직선으로, 나머지 분단은 우로 돌아~ 앞으

로 가~!" 하면 연단 앞을 지나며 분열 행진이 시작된다.

손과 발을 맞춰 씩씩하게 행진한다.

연단 앞을 지나칠 땐 학급장이 크게 구령을 외친다.

"차렷~!" 그러면 학급 전체는 발을 곧게 펴 더 높이 올리는데 양쪽 팔은 가슴 높이까지 들어 올려 행진해야 한다.

다시 학급장이 "우로 봐~!" 하면

일제히 "항상 준비~" 하며 소년단 경례로 오른쪽 팔을 가운데 이마 위로 들어 올리며 연단 쪽을 봐야 한다.

그런 아침 시간이면 교정에는 엄숙함이 감돈다.

순희는 등굣길에 끝없이 재잘거린다.

"글쎄 말이야. 평양에서 당 대회가 끝났는데 7개년 인민 경제계획이 발표됐다지 뭐야. 7개년 인민 경제계획을 완수하면 우리 인민 모두가 이밥에 고깃국을 먹고 비단옷에 기와집에서 살게 된다는 거야. 그리고 한 사람 앞에 천이 일 년에 36미터씩이나 차려진대.

또 텔레비전이라는 게 있는데 그건 뭔가 하면 집에 가만히 앉아서도 평양 모란봉 경기장에서 진행하는 축구 경기를 볼 수 있고 공장의 자동화 흐름과 대동강변도 볼 수가 있다는 거야.

영화처럼 말이야. 너무 신기하지 않니?

벌써 평양에선 이미 보는 집도 있대.

그리고 혁명의 한 쪽 수레바퀴를 굳건히 밀고 나가는 여성들을 가정일의 무거운 부담에서 해방시켜준다는 거야.

그런데 더 중요한 건 7개년 계획을 완수하면 사회주의 완전 승리가 앞당겨지고 사회주의 완전 승리가 완성되면 공산주의 사회를 이룰 수 있다는 거야.

우리 혁명의 최종 목적은 공산주의 사회를 이루는 것인데 공산주의 사회가 되면 누구나 다 수요에 따라 분배 받고 능력에 따라 일한다지 뭐니.

열대지방인 아프리카에 빵 나무라는 게 있는데 그곳 사람들은 농사를 지을 필요가 없이 배고프면 먹을 만큼 빵을 따 먹는대.

우리도 공산주의 사회를 이루면 아프리카 사람들이 빵나무에서 빵을 따 먹는 것처럼 배급소에서 먹을 만큼 쌀을 가져다 먹고 식료품 상점에선 필요한 만큼 식료품을 가져간다는 거야.

또 공업품 상점에선 마음에 드는 신발을 골라 신고 마음에 드는 옷을 가져다 입는다는 거지. 그 사회가 되면 사람들의 의식 수준과 문화 수준이 고도로 발달하여 쓸데없는 욕심을 부리지 않고 모든 게 다 풍족하니 욕심을 낼 필요가 없다는 거지."

순희의 말처럼 길옆 담벼락에 나붙은 속보판들에는 7개년 인민 경제계획이 완수되면 우리 인민들이 누리게 될 혜택들이 조목조목 그림과 함께 제시돼 있었고 길거리 플래카드마다 『모두가 인민 경제계획 수행에로!』라는 구호가 빨간 글씨로 큼지막하게 씌어져 있었다.

출근길로 붐비는 도로 한가운데로 방송차가 힘차고 경쾌한 음악을 울리며 달린다.

23

수십 년을 하루로 달리여 나간다.

7개년 계획을 앞당겨 나간다.

어서 가자 빨리 가자 천리마 타고서

공산주의 새 시대를 열어나가자.

......

인도 한켠에서는 남학생들이 나팔을 불며 출근길에 오른 노동자들의 사기를 북돋아 주고 있다.

붉은 넥타이를 목에 두른 여학생 몇 명이 팔에 『규찰대』라고 쓰인 붉은색 완장을 끼고 한 젊은 여성을 붙잡고 실랑이질을 한다.

그중 한 여자애가 수첩을 펼쳐들고

"왜 치마를 입지 않고 바지를 입었어요. 어느 공장 누구예요. 이름을 대세요." 하는데 반대쪽에선 또 다른 여자애가 한 남자를 붙잡고 "빨리 대세요. 정말 이름을 안 대실 거예요? 아버지 원수님의 초상휘장은 왜 가슴에 모시지 않으셨어요." 하며 언성을 높이는데 자식 같은 애들한테 붙잡혀 꼼짝도 못 하는 얼굴에는 난처한 표정이 어린다.

학교가 파하고 교문을 나서며 파란 하늘을 올려다보니 종달새 한 마리가 작은 날갯짓을 하고 있다.

학교 뒷산에서 뻐꾹~ 뻐꾹~ 하는 뻐꾹새 소리가 들려온다.

난 학습 터로 오르는 계단을 한참 올라 학교 뒷산으로 오른다.

탁 트인 아래쪽으로 바다가 보인다.

그리고 엄마가 일하는 공장도 보인다.

또다시 뻐꾹새가 뻐꾹~ 뻐꾹~ 하는데 난 생각한다.

'뻐꾹새는 어떻게 생겼을까?'

내 상상 속의 뻐꾹새는 장끼만큼 크고 예쁜 새다.

'난 오늘 뻐꾹새가 어떻게 생겼는지 내 눈으로 보고야 말 거야.'

이렇게 생각한 나는 뻐꾹새 울음소리를 쫓아 살금살금 나무들 사이를 헤집고 다닌다.

관목들 사이로 쳐놓은 거미줄이 얼굴을 덮쳐 머리를 절레절레 흔드는데 소름 끼치도록 수많은 작은 새끼들을 등에 업은 커다랗고 시커먼 왕거미가 나를 내려다본다.

황급히 도망쳐 작은 능선에 올라 아래쪽 구릉지를 내려다보는데 나도 모르게 탄성이 나온다.

아름드리 소나무들이 가지를 펼치고 빽빽이 서있는데 머리가 빨갛고 깃털이 아름다운 딱따구리 수백 마리가 열심히 나무를 쪼고 있다.

갑자기 발밑에서 놀란 꿩이 꿩~ 꿩~ 하고 푸드득 날아오르니 난 기겁을 하여 뒤로 벌렁 넘어진다.

넘어져서 보니 빨간 불개미 군단이 떼 지어 이동한다.

줄다람쥐 한 마리가 작은 바위 위에서 열심히 두 손으로 무엇을 먹다 나무 위로 잽싸게 기어오르는데 공중을 쳐다보니 솔개 한 마리가 창공을 유유히 감돌고 있다.

다시 반대쪽 작은 능선에서 뻐꾹~ 하는데 난 그곳으로 또다시 살금

살금 걸어간다.

뻐꾹새 울음소리가 점점 귓가에 선명하고 크게 들리는데

한 발짝~ 한 발짝~

드디어 뻐꾹새가 시야에 들어왔다.

놀란 뻐꾹새가 푸드득 날아오르는데 난 실망하지 않을 수 없었다.

생각과는 달리 멧새만 한 크기에 잿빛이 감도는데 딱따구리보다 예쁘지 않았다.

도라지꽃이며 할미꽃이며 들꽃을 한 아름 꺾어 들고 야트막한 산 언덕을 내려 마을 입구로 꺾어 드는데

"순애가 똥물에 빠졌다." 하는 다급한 소리가 들리고 마을 아낙네 들과 아이들은 재무지 한가운데 똥못이 있는 곳으로 모여든다.

그런데 어린 순애가 깊은 똥못에 빠져 허우적거리고 있다.

어느새 달려온 순애 엄마는 긴 나무 막대기를 손에 쥐고 순애를 끌 어냈는데 까맣게 삭은 똥물을 머리끝에서 발끝까지 뒤집어쓴 순애가 "으앙~" 하고 울음을 터뜨린다.

검은색 뽀뿌링 몸뻬를 입고 포대기에 애기를 싸 업은 순애 엄마는 버드나무 회초리를 꺾어들더니 어린 순애에게 마구 휘둘러 댄다.

회초리가 한 번, 두 번 가해질 때마다 까만 똥물 사이로 회초리 줄 을 따라 길게 빨간 피가 배어 나왔고 순애는 너무 아파 자지러지게 울 음을 터뜨린다.

"똥물에 빠져 죽어라. 죽어." 하며 순애 엄마는 더 세게 회초리를

휘둘러대는데 구경하던 마을 아낙네들은 혀를 끌끌 차며

"이젠 그만 때리고 애를 빨리 씻기오." 한다.

그런데 다음 날 순애가 없어졌다.

"순애야~ 순애야~"

찾고 부르며 순애 엄마는 며칠을 헤매는데 고기를 잡던 어부들이 그물에 걸린 어린 순애의 시체를 건져 올렸다.

작은 몸집은 바닷물에 퍼져 뚱뚱 붓고 두 눈은 새우들이 다 파먹었는데 순애 엄마는 가마니 짝에 씌워져 모래사장에 눕혀진 순애의 시체를 안고 통곡한다.

"순애야, 눈을 떠봐. 패끼죽을 먹고 싶다고 했지. 엄마가 네가 먹고 싶다고 한 패끼죽을 맛있게 끓여 놨어. 한 번만 눈을 떠 봐."

통곡하던 순애 엄마는 "순애야, 잠깐 있어 봐. 엄마가 맛있는 패끼죽 떠올게." 하더니 벌떡 일어나 집으로 달린다.

조금 지나 사발에 패끼죽을 떠가지고 달려온 순애 엄마는 "순애야. 엄마가 네가 먹고 싶다던 패끼죽 가져왔다. 어서 먹어봐. 자, 입을 벌리고. 그렇지." 하며 뜨거운 죽 한 숟가락 떠 입에 대고 호호 불더니 죽은 순애 입에 쏟아 넣는다.

2장
생의 언덕

난 할머니의 모습처럼 아버지의 모습도 희미하게 떠오른다.
아버지와 어머니는 이렇게 만나 결혼했단다.

쌍가매는 작은 시골마을에서 나서 자랐다.

한마을에 늙으신 홀어머니를 모시고 사는 갑룡이라는 총각이 있었
는데 갑룡이 어머니는 쌍가매를 며느릿감으로 마음에 두고 있었다.

약혼식을 올리고 한 달 후 결혼식 날까지 잡았는데 하루가 지나니
갑룡이는 쌍가매가 마음에 들지 않는다며 그날로 군에 입대했다.

처녀는 10년을 기다리며 몸이 불편하신 갑룡이 어머니를 돌보며
직장에 다녔다.

직장에서 열심히 일해 천리마 기수로 뽑혔고 신문에도 크게 나고

평양에서 열리는 천리마 선구자 대회에도 참가하는 영광을 지녔다.

또 처녀의 몸으로 당원이 되기도 했다.

갑룡이가 군에 나간 지 10년이 되던 어느 날이었다.

"갑룡이가 돌아온다."

온 마을에 울려 퍼지고 갑룡이 어머니는 맨발로 동구 밖까지 뛰쳐 나가는데, 부엌켠에 서있는 쌍가매의 가슴은 세차게 방망이질을 한다.

어머니와 함께 삽짝 문을 열고 들어선 갑룡이는 덥석 두 손을 잡더니 "그동안 얼마나 수고 많았소." 한다.

그렇게 아버지와 어머니는 결혼을 해서 우리들을 낳았다.

내가 다섯 살적 봄이었다.

비포장도로를 덜컹덜컹 들추며 달리던 차가 갑자기 멈춰 섰다.

길 가운데 작은 강아지 새끼가 웅크리고 앉아 움직이지 않기 때문이다.

아버지는 벌컥 문을 열고 뛰어내려 강아지를 냉큼 안았는데,

순간 깨갱~ 하며 손을 덥석 물었다.

빨간 피가 나온다.

그 일을 두고 엄마는 훗날 회상하시면서

"참 재수도 없지. 하필 그때, 그날 그렇게 그 강아지 새끼가 길 가운데 앉아 있을 게 뭐람.

그냥 지나쳐 갈 게지. 무엇 때문에 차를 세웠겠어.

또 무엇 때문에 벌컥 내려 냉큼 안겠어. 참 맹랑한 짓을 했어." 하셨다.

그리고 3개월이 지난 그날이었다.

새벽에 수탉이 "꼬끼오~" 했고 일어나 부엌에 불을 지피고 밥을 지었고 아버지를 출근시킨 다음 가마목에 앉아 설거지를 하는데

"있소?" 하며 문이 빠끔히 열리며 우물집 아낙네가 들어섰다.

"어서 들오우. 웬일로?" 하니 머뭇거리며 두 손을 마주 잡고 옷고름만 뜯는다.

"무슨 일인데? 말해야 알지. 어서 말하오. 무슨 일이 있었우?" 하니 그래도 땅만 내려다보며 망설이는데 엄마는 생각하기를

'내가 무슨 잘못이라도 저질렀나? 무슨 말이라도 잘못해서 말�째간에 든 세 아닌가?'

생각하며 요즘 무슨 말을 누구한테 잘못하지나 않았나 생각하는데

"저, 저…" 하더니

"금주 아버지가 저쪽 언덕길에 쓰러졌는데… 아마도…" 한다.

광견병은 3개월 아니면 3년 만에 발병한다고 한다.

그렇게 아버지는 세상을 뜨셨다.

이듬해 봄 제삿날이었다.

산소에서 향불을 피우다 획~ 바람이 불며 마른 잔디에 옮겨붙었고 또다시 바다 쪽으로부터 더 세게 불어오며 잔솔가지로, 그다음 소나무 숲으로 번졌다.

"불이야~" 순식간에 번져나가는 불길을 잡으려고 오빠는 윗도리를 벗어 휘둘렀고 어쩔 줄을 몰라 발을 동동 구르는 언니에게 엄마는 다

급히 소리친다.

"금주야, 성주를 안고 빨리 산을 내려가라."

엄마는 두 팔을 허둥대며 소나무 가지를 꺾어 뻘겋게 타오르는 불길을 내리치는데

"콜록콜록~"

은주 언니는 연기가 피어오르는 불속에서 두 손으로 두 눈을 비비며 어쩔 줄을 모르고 오빠는 더 힘차게 윗도리를 휘두르며

"야, 은주야! 빨리 아래켠으로 뛰어. 빨리." 하고 소리치는데 산 아래쪽에서는 땡~ 땡~ 하고 다급한 종소리가 들려온다.

군인들과 마을 사람들이 산언덕을 뛰어오르고 다행히 불길은 잡혔지만 엄마는 그날 저녁 무렵까지도 돌아오지 않았다.

산불을 놓은 죄로 감옥소에 끌려간 엄마는 집 마당 봉선화가 피어나고 나뭇잎이 떨어질 때까지도 돌아오지 않으셨다.

난 지금도 생각난다.

학교에 간 오빠와 언니들은 돌아오지 않고 세 살이던 영주와 함께 냉랭한 가마목에 오그리고 앉아 싸늘하게 식은 가마솥 뚜껑에 두 손을 올려놓고 찬바람에 나뭇잎이 날리는 창밖을 내다보며 종일 울던 생각이 난다.

돌아오지 않는 엄마를 부르며 얼마나 오랜 시간 동안 창밖이 어두워질 때까지 울었던지 캄캄한 눈앞에는 괴물 같은 귀신들이 우글거리고, 난 종일 울다 지쳐 아마도 기절했을 것이리라.

매일과 같이 불쌍한 영주는 눈가에 언제나 눈물이 가랑가랑하여 어린 나를 쳐다보고, 그다음 엄마가 오나 창밖을 바라보곤 했다.

배고파 가마솥 뚜껑을 열어 보고 그다음 말라붙은 밥알이건, 눈에 보이는 아무거나 주워 입으로 가져간다.

서럽게 울다 지쳐 나를 빤히 쳐다보는 어린 영주는 엄마가 어데 갔는지, 왜 돌아오지 않는지 모른다.

그렇게 어두워지는 창밖을 바라보며 오래도록 서럽게 울 때면 순희 엄마가 나와서 영주와 나를 안고 집으로 데려간다.

순희 어머니가 김이 하얗게 뿜어져 나오는 가마솥 뚜껑을 열고 강냉이 꼬장떡 몇 개를 작은 접시에 담아 우리들 앞에 놓아줄 때 영주는 너무 배고파 뜨거운 것도 모르고 두 손으로 덥석 노란 꼬장떡을 잡고는 뜨거워 작은 두 손을 바르르 떤다.

그러고는 또다시 눈물이 가랑가랑한 눈빛으로 나를 쳐다본다.

또다시 봄이 왔다.

오빠는 마당켠에 산복숭아 나무를 옮겨 심고 어린 영주는 손에 곱게 핀 진달래를 꺾어 들고 아장아장 걷고 있다.

그러다 오빠가 금방 옮겨 심은 산복숭아 나무 아래 꿇어앉아 작은 손으로 흙을 집어 입에 넣는다.

오빠는 "영주야, 흙을 집어먹으면 안 돼. 퉤~ 뱉어 내." 하며 어린 영주를 덥석 안고 입안에 흙을 빼내주고 침이 흐르는 작은 입언저리를 닦아준다.

"우리 영주 많이 컸네." 오빠는 캐드득 웃는 영주를 번쩍 들어 목마를 태우고

"영주야. 우리 엄마한테 갈까?" 한다.

"우리 영주 엄마 보고 싶어?" 하는데

오빠 어깨 위에 올라앉은 영주는 엄마란 소리에 두 눈이 동그래지며 반짝인다.

오빠가 옮겨 심은 산복숭아 나무에 곱게 꽃이 피어나고 매미가 울고 코스모스가 피어나니 가을이 되었고 오빠와 언니들은 아침 일찍리어카에 이불을 싣고 집을 나선다.

사그락, 사그락 거리는 바퀴 소리에 눈을 뜨니 사위는 어두워지는데 한없이 따뜻하다.

그런데 이불을 뒤집어쓴 엄마 품에 내가 안겨있다.

난 두 눈을 비비며 작은 소리로 "엄마~" 하고 불러본다.

맥없이 머리를 갸우뚱하고 두 눈을 꼭 감은 엄마 얼굴은 피골이 상접하다.

달빛이 흐르는 산길은 고요하기만 한데 풀벌레들이 찌르륵~ 찌르륵~ 울어대고 길섶에는 억새가 가을바람에 흔들린다.

멀리서 소쩍새가 소쩍~ 소쩍~ 하고 슬프게 우는데 앞에서 리어카를 끄는 오빠 뒷모습이 달빛에 드러나고 금주 언니와 은주 언니는 뒤에서 말없이 걷고 있다.

한 손으로 엄마가 뒤집어쓴 두툼한 이불깃을 잡은 금주 언니는 조

용히 노래를 부른다.

철창 속에 고생하신 어머니를 모시고
바람 부는 산언덕을 넘어갑니다.
아득한 저 산 넘어 밝은 해님 따사로이 비춰줍니다.
......

첩첩준령, 함경산줄기의 제일봉, 2400미터 관모봉에 흰 눈이 덮이
니 날씨가 쌀쌀해지고 겨울이 왔다.

눈 내리는 밤, 아궁이엔 석탄불이 뻘겋게 타오르고 가마솥엔 통강
냉이죽이 부글부글 끓고 있다.

찬장 위에는 등잔 불빛이 가물거리고 밖에는 개들이 컹컹 짖어댄다.

잠 못 이루는 겨울밤, 엄마의 이야기는 끝없이 이어진다.

"…처음 시집갔을 때는 너무 부끄럽고 어려워 머리를 쳐들지 못했
어. 밥상머리에서 말이야. 굶고 살았지. 얼마나 오랫동안 굶었던지 옆
구리가 결리어 허리를 펴지 못하겠더구나.

부끄러워 밥술을 뜰 수가 없었던 거야.

야밤에 오줌이 마려우면 날 밝을 때까지 참았어.

오줌 누러 밖에 나가려면 시부모님 누운 정지방을 지나야 했는데
부끄러워 그랬던 거야. 글쎄 얼마나 오랫동안 그렇게 참았던지 나중
에는 방광염에 걸렸어."

밖에서는 또다시 개들이 컹컹 짖는다.

엄마는 "에이구. 저눔 개들이 오늘 밤엔 왜 저렇게 짖누?" 한 다음

"네 오빠를 가졌을 땐 얼마나 입덧을 했던지 아무것도 입에 댈 수
없었어. 그저 시도 때도 없이 왝~ 왝~ 헛구역질을 해댔지.

돌이 지났을 때야. 포대기에 싸 업고 마을 길을 걷는데 까마귀가
까욱~ 까욱~ 했어. 그런데 등에 업힌 애기가 퉤~ 하는 거야.

난 깜짝 놀랐어. 아니 글쎄 어떻게 그 쪼그만 게 까마귀가 울면 어
른들이 하는 것과 똑같이 퉤~ 하고 침을 뱉는가 말이다.

난 머리를 돌려 등에 업힌 애기를 보며 무슨 애가 이런 애일까? 생
각했지. 해가 뉘엿뉘엿 지는 저녁시간이면 마을 어귀에 개장수가 나
타났어. 나타나 땔랑~ 땔랑~ 종을 흔들면 마을 조무래기들이 "야~ 개
장수 왔다." 하면서 재무지로 뛰어나가 버려진 죽은 강아지 새끼를 주
워왔지. 그러면 개장수는 껌을 하나씩 주었어.

아이들은 좋아라 껌을 씹으며 쫓고 쫓기고 하는데 개장수가 등에
업힌 애기의 작은 옆얼굴을 자로 쟀어.

뒷머리가 얼마나 나왔나 본다면서… 자로 잰 다음,

"얘는 뒷머리가 이렇게 나왔으니 이다음 특이한 애가 될 걸세." 했
어. 커가면서 동네 아이들은 네 오빠를 보고 천마산 뒷골~ 천마산 뒷
골~ 하고 놀려댔지.

천마산이 네 오빠 뒷머리처럼 바다 쪽으로 삐죽 나갔지 않니?

어느 날 어린 네 오빠를 데리고 이발소에 갔어.

이발을 한 다음 15전을 내미니 늙은 이발사가 이러는 거야.

"얘는 뒷머리가 이렇게 나와 이발하기 힘들었으니 5전을 더 내야 하오."

그래서 5전을 더 주었어.

중학교에 올라갔을 때 아이들은 네 오빠를 보고 가분수~ 가분수~ 하고 놀려댔어. 뒷머리가 튀어나온 네 오빠는 머리가 컸거든."

엄마는 석탄불에 달구어진 뜨끈한 아랫목에서 돌아누우며 몸을 뒤척이더니 "에이그. 겨울밤이 길기두 하지" 하는데 개들이 짖어대고 흰 눈이 내리는 겨울밤은 고요하기만 하다.

"선생님들과 학급 아이들은 네 오빠를 보고 저 애는 바보 아니면 천재일 거야. 했다지. 더벅머리에는 서캐가 하얀데 맨 뒷자리에 머리를 처박고 쿨~ 쿨~ 자다가도 선생님이 일으켜 세우고 칠판에 문제를 풀라고 하면 설명을 듣지 않았어도 척척 풀었다지.

여름방학 때였어. 햇볕이 뜨겁고 매미가 우는데 철주야~ 철주야~ 하고 온 마을을 뒤지며 종일 찾아도 네 오빠는 없는 거야.

금주도 찾아 나서고, 은주도 찾아 나서고, 해 질 무렵 네 오빠를 찾았는데 아니 글쎄 마을 공터의 황철나무 위에서 책을 보고 있는 게 아니겠니. 얼마나 책에 몰두했으면 종일 나무 밑에서 소리쳐 부르며 찾는데도 못 들었을까?"

그런 오빠가 삐뚤어져 나가기 시작한 건 엄마가 감옥에 간 다음부터였다.

오빠네 학급 아이들은 윗마을, 아랫마을, 이렇게 두 패로 갈렸는데 아랫마을의 우두머리는 오빠였고 윗마을 우두머리는 학철이란 아이였다.

학철이는 오빠보다 키는 좀 작았지만 창백한 얼굴에 두 눈이 가늘게 찢어지고 다부진 체격이었다.

두 패로 갈린 아이들은 수업 시간에도 싸움을 벌이고 수업 중인 선생님들을 놀려대고 괴롭혔다.

그리하여 오빠네 학급은 구역적인 선상에 올랐고 남자 선생들도 도저히 담임을 못 맡겠다며 두 손 들고 물러났다.

그때 사범대학을 갓 졸업하고 교복 차림 그대로 교단에 선 앳된 처녀 선생이 그 학급을 맡겠다고 나섰다.

그런데 어떤 계기로 하여 오빠는 가출을 하였다.

가을이 성큼 물러가고 초겨울이 다가왔고 교실 한가운데 석탄 난로가 피워졌다.

교실 앞문은 선생님들만 출입할 수 있었고 학생들은 뒷문으로만 드나들 수 있었다.

1교시는 동물 시간인데 시작종이 울리는 것과 함께 선생님들만 출입할 수 있는 앞문을 벌컥 열고 학철이가 들어서며

"야~ 야~ 황소가 온다." 한다.

석탄 난로 연통에서 새 나오는 연기로 교실 안이 희뿌옇고 매캐한데 그 희뿌연 연기 속에서 왁자지껄 떠들어대던 아이들이

"황소가 온다." 하니까 일시에 조용해졌다.

이어 앞문이 열리더니 역도선수처럼 어깨가 딱 벌어지고 황소처럼 눈이 크고 허벅지와 종아리가 굵고 탄탄하게 발달된, 검정 재킷에 검정 스커트를 받쳐 입은 동물 선생님이 들어선다.

일시에 아이들은

"선생님 안녕하십니까?" 하고 자리에 앉는다.

잠시 아이들을 둘러보던 선생님은 상기된 얼굴로

"난 여러분에게 너무나도 감사하다는 인사를 드리고 싶습니다.

왜냐면 동물 선생님에게 『황소』라는 좋은 별명을 붙여주었기 때문입니다.

여러분들도 알다시피 황소는 힘이 세고 일 잘하고 부지런합니다.

난 여러분들이 나에게 붙여준 황소라는 별명을 대단히 영광스럽게 생각합니다.

다시 한번 말씀드리지만 난 여러분들께 감사의 인사를 드리는 바입니다."

이렇게 이야기를 마친 동물 선생님은 연기가 자욱한 교실 뒤켠을 한참 노려보더니

"학급장. 저 맨 뒷자리에 엎드려 자는 애 누구야? 깨워" 하신다.

그러자 옆자리에 앉은 애가

"야~ 야~ 머리를 들어. 수업 시작됐어." 하며 흔들어 깨운다.

그런데 겨울 모자를 깊게 눌러쓰고 두툼한 솜동복을 껴입고 책상에 마구 엎드려 자는 애는 들었는지 먹었는지 반응이 없다.

그러자 선생님은 자욱한 연기 속에서 얼굴을 잔뜩 찌푸리더니

"수업태도가 틀려먹었어. 야! 학급장. 이런 데서 무슨 공부를 한다고 그래. 학급 전체 일어섯!" 했고

아이들은 와장창 의자 소리를 내며 자리에서 일어섰다.

"창문 모두 열어."

창문을 모두 열어놓으니 연기는 빠져나갔지만 한기가 스며든다.

학급 전체가 자리에서 일어났는데도 맨 뒷자리에 모자를 눌러쓰고 마구 엎드려 있는 애는 아무런 반응이 없다.

"저 뒤에, 안 일어설 테니?" 하고 선생님이 버럭 소리를 지른 다음 지시봉을 찾는데 지시봉이 있어야 할 자리에 지시봉이 없다.

동물 선생님은 화가 날 땐 검도선수처럼 지시봉 아니면 불갈구리를 집어 드는 것이 특기이다.

두리번거리며 한참 지시봉을 찾던 선생님 눈에 칠판 맨 꼭대기 턱에 지시봉이 한쪽으로 삐죽 나와 있는 것이 보인다.

그런데 거기까진 높아서 선생님의 손이 닿지 못한다.

한참 심통한 표정으로 아이들을 노려보던 선생님은 빠른 걸음으로 뜨거운 열기를 내뿜으며 활활 타오르는 난로 가로 다가간다.

순간 아이들의 두 눈은 반짝이며 호기심이 동하는 표정들이다.

자기들이 연출한 각본대로 배우가 배역을 척척 능숙하게 진행하는 것이다.

눈 깜짝할 사이 난로 앞에 선 선생님은 빠르게 허리를 굽히고 특기인 불갈구리를 집어 드는 순간,

"앗! 뜨거워" 하며 달구어진 갈구리를 내동댕이친다.

아이들은 웃음을 참느라 머리를 처박고 키득거리는데 화상 입은 손을 움켜쥔 선생님은 금세 폭발할 직전이다.

그 분출구를 막아 보려는 듯 얼굴이 빨갛게 달아오른 선생님은 마구 엎드려 있는 애한테 씽~ 다가가는데, 애들은 귓속말로

"야~ 야~ 온다. 온다. 일어나. 일어나." 한다.

입술을 꼭 깨물며 다가간 선생님이

"일어서. 못 일어서겠니?" 하니 그래도 반응이 없다.

그러자 선생님은 꾹 눌러쓴 모자를 힘껏 낚아챘다.

그런데 목도리를 둘둘 말아놓고 그 위에 겨울 모자를 씌워 놓은 허수아비다.

그리고 의자에는 책가방 두 개를 쌓아 놓고 그 위에 솜옷을 씌워 놓았다.

아연실색해하며 온몸이 굳어진 선생님은 한 손으로 얼굴을 감싸더니 금방 울분을 터뜨릴 것 같은 표정으로 밖으로 뛰쳐나간다.

잠시 후 호랑이 선생님이 앞문으로 들어서고 사자 선생님, 그 뒤에 여우 선생님도 들어선다.

이글거리며 타오르는 난로 위에는 아이들이 올려놓은 도시락이 차곡차곡 쌓여져 있고 된장 냄새가 교실 가득 풍기는데 먹잇감이 된 어린 토끼들은 바들바들 떨며 작은 몸을 움츠린다.

쾅~ 깜짝 놀란 아이들. 또다시 쾅~ 하고 교탁을 내리치는 소리.

"누구야? 나와."

그런데 제일 뒷자리에 앉은 아이는 머리를 처박고 도시락을 먹고 있다.

한참 뒤쪽을 노려보던 소년단 지도원 선생은

"장 철주. 너지. 나와." 한다.

앞으로 끌려 나간 철주. 동시에 구둣발 돌려차기. 헉~ 쓰러짐과 동시에 다시 엉거주춤 일어서는데 호랑이처럼 화가 난 지도원 선생은 난롯가에서 커다란 장작을 집어 들더니 힘껏 내리친다.

픽~ 한 대, 두 대, 세 번째로 내리칠 때 철주는 높이 추켜든 선생의 팔목을 잡더니 "왜 치는데요?" 했고

그다음 높이 치켜든 선생의 손에서 장작을 낚아채어 창문 밖으로 힘껏 던졌다.

그리고 두 눈을 부릅뜨고 다시 달려드는 선생을 힘껏 밀치고는 창문을 휙~ 뛰어넘어 달아났다.

그리고 가출을 하였다.

요즘 세상에는 아이들이 가출이라고 하면 대수롭지 않게 생각하겠지만 그땐 가출은 있을 수가 없는, 영영 구렁텅이에 빠지고 마는, 인

생을 망치는 길이라고 생각했다.

그렇기 때문에 북녘땅 아이들은 지금도 가출이라는 것은 생각지도 못하며 부모들은 그것이 있을 수도 없는 것이고 당연하다고 생각한다.

아이들이 『오뚝이』라고 별명을 붙여 놓은 앳된 처녀 선생은 철주를 찾아 나섰다.

보름이 지나도록 역구내 광장과 대합실에서 밤을 지새우기도 하고 몇 십 리 밤길을 걷기도 하는데 어느 날 밤. 역사 대합실에 쪼그리고 자는 철주를 발견했다.

일으켜 세우고 옷을 갈아입히고 새 신발을 신기고 식사를 같이 한 나음 오랜 시간 동안 다독이고 설득하고, 그리히여 몇 십 리 밤길을 함께 걸어 저 멀리 학교가 보이는 다리목에 이르렀다.

그땐 동산에 해가 두둥실 솟아오를 무렵이었다.

학교가 점점 가까워 보이자 선생님 곁에서 머리를 숙이고 나란히 걸음을 옮기던 철주가 홱 몸을 돌리더니 냅다 달린다.

"거기 서라. 못 서겠니? 서라니깐. 야! 장 철주. 멈춰 서.

넌 여기서 돌아오지 않으면 영영 낙오 분자가 돼.

영영 낙오 분자로 한생을 살겠니?"

오뚝이 선생은 소리치며 철주를 뒤쫓아 간다.

다리를 건너면 학교가 있고 그다음 마을 입구고 뛸 곳은 강 쪽, 버드나무 몇 그루 서있는 강변밖에 없다.

철주는 선생님이 계속 소리치며 뒤쫓아 오자 물속으로 뛰어들었다.

강물을 헤엄쳐 건너면 뒤좇던 선생님이 포기할 거라고 생각했을 게다.

물속으로 뛰어든 철주는 허우적거리며 강물을 헤엄쳐 건너는데 철주를 뒤좇던 처녀 선생은 첨벙, 강물에 뛰어들며 소리친다.

"거기 서. 서란 말이야. 너 왜 선생님 속을 이렇게 썩이니. 함께 가자고 했지." 계속 소리치며 선생님은 점점 깊은 곳으로 걸음을 옮긴다.

벌써 철주의 모습은 저 편 강변에 다다른다.

'강을 헤엄쳐 건너면 선생님이 뒤좇아 못 오겠지' 하고 뒤돌아보던 철주는 두 눈이 휘둥그레지며 몸이 굳어졌다.

물속 깊은 곳까지 들어선 선생님이 두 손을 허우적거리며 물살에 떠내려가는 것이다.

그렇게 조금씩 시간이 흘러가는데 철주는 더럭 겁이 났다.

"거기 누가 없어요? 사람 살려요.

우리 선생님이 빠졌어요. 우리 선생님을 살려주세요."

그다음 철주의 두 눈에서는 눈물이 비 오듯 쏟아진다.

철주는 웃통을 벗어던지고 물속으로 뛰어들었다.

가까스로 떠내려가는 선생님의 옷자락을 잡은 철주는 물밑으로 선생님을 힘껏 떠받치며 두 발을 내저었다.

그날 오뚝이 선생님은 기적적으로 살아났고 고열로 자리에 드러누웠다.

학급의 우두머리인 철주는 아이들을 데리고 수업이 끝난 후 폭포가 떨어지는 상류로 거슬러 올라가 그물로 팔뚝만 한 산천어며 메기, 버들치를 잡았다.

해가 지고 있을 때 선생님의 집을 찾은 철주는 바구니에 담긴 산천어와 메기, 버들치를 내밀며

"기력을 회복하는 데 좋대요. 선생님께 대접하세요." 하며 머리를 숙였다.

그 후 철주는 몰라보게 달라졌고 앳된 오뚝이 처녀 선생님이 맡은 학급 아이들은 공부를 잘하고 조직생활을 잘하며 전교의 모범이 되었다.

그렇게 오빠는 다시 열심히 공부를 하게 되었다.

담임을 맡은 처녀 선생은 수학을 가르쳤는데 오빠는 밤늦게까지 수학 문제를 풀다 모르는 문제가 있으면 선생님을 찾아갔다.

그러면 선생님은 자정이 지났어도

"철주가 왔구나. 어서 들어오너라." 하며 반겨 맞아 주었다.

언젠가 선생님은 오빠에게

"넌 수재야." 했었다.

영주는 그날 저녁에 울었다.

왜냐면 엄마는 오랜만에 맛있는 범벅을 하였다.

무를 채쳐 넣고 옥수숫가루에 버무려 시루에 안치고 김이 피어오를 때 가마솥 뚜껑을 열면 향긋한 냄새가 나는 범벅이 완성된다.

뜨거운 가마솥 안에서 칼로 네모나게 자른 다음 오빠에게는 6개, 언니들에게는 5개. 그리고 나와 영주에게는 4개씩 담겨졌다.

오빠가 어두운 창밖을 가리키며

"영주야. 저것 봐. 무서운 귀신이 들여다 봐." 했을 때

영주는 겁에 질린 두 눈을 동그랗게 뜨고 오빠가 가리키는 쪽을 쳐다보는데, 그 틈에 오빠는 영주 그릇에서 하나를 슬쩍하고는 시치미를 뗀다.

머리를 돌리고 범벅이 담긴 자기 앞 그릇을 내려다보던 영주는 '어떻게 된 거지' 하고 조금 놀란 표정으로 오빠를 쳐다본 다음 다시 자기 그릇을 내려다보고는 으앙~ 하고 울음을 터뜨린다.

그러자 오빠는 "응. 응. 그래. 그래. 여기 있어." 하고 얼른 뒤로 감췄던 범벅을 영주 그릇에 도로 놓아준다.

한번 울음보가 터진 영주는 그치지 않고 계속 소리 내어 운다.

엄마는 "에이그. 어쩨 애를 울리느냐." 하며 영주의 눈물을 닦아주며 어른다.

저녁 식사가 끝나고 밤은 점점 어두워지는데 은주 언니는 부엌켠에서 설거지를 하고 오빠는 윗방에서 책을 읽는다.

옥주 언니는 아랫목에 배를 깔고 엎드려 손톱에 봉선화 물을 들이고 엄마는 벌써 잠이 든 영주의 머리에서 서캐를 잡는다.

금주 언니는 전등불 아래 다소곳이 머리를 숙이고 부지런히 손을 놀리며 뜨개질을 한다.

"어머니. 이제 두어 컬레만 더 생기면 목티가 완성되겠어요."

노동자들에게 공장에서는 작업용 흰 장갑을 한 주일에 한 컬레씩 나누어주었다.

엄마는 맨손으로 일하며 그 장갑을 집으로 가져오는데 금주 언니는 한 올 한 올 풀어 뜨개질을 하였다.

그렇게 하얀 목티가 완성되면 밖에 나갈 때만 아껴 입었다.

맏딸로 태어난 금주 언니는 엄마를 대신해 온갖 고생이란 고생은 다하며 자랐다.

엄마가 감옥에 끌려가고 엄마를 대신하던 그때 언니가 고생하던 모습이 눈에 신하다.

꼭두새벽부터 쿵~ 쿵~ 쇠 절구질로 통강냉이를 찧고 봄이면 뒷산에 올라 산나물이며 쑥을 뜯던 언니다.

바닷가 도래굽이에 내치는 간들래를 한 다라씩 주워 옥수숫가루에 섞어 끼니를 이어가느라 애쓰던 모습이 주마등처럼 떠오른다.

문학소녀이고 춤을 잘 추고 노래, 구연까지도 잘하는 금주 언니는 한 떨기 아름다운 꽃이었다.

오빠가 평양의 김일성종합대학에 입학한 이듬해 봄이었다.

저녁 시간이었는데 언니는 뜨개질하며 엄마에게 말한다.

"어머니. 퇴근길에 이 보애 선생님 만났어요. 절 붙들고 장시간 애기하지 뭐예요."

이 보애는 신암 여자중학교 무용지도 선생님이다.

6.25 때 의용군에 입대했는데 서울이 고향이었고 남편도 서울 태생이었다.

신암 여자중학교는 청진항이 내려다보이는 둔덕에 T자형으로 잘 지어진 5층 건물이었는데 건물 중앙 맨 위에는 『9년제 의무교육』이란 큰 글씨체가 새겨져 있고 어둠이 내리면 불빛이 깜빡이며 멀리서도 한눈에 보였다.

그 여학교는 무용을 잘하여 전국에 이름이 높았고 청진항에 정박한 외국 선박의 선원들이 자주 찾는 관광코스이기도 하였다.

학교를 찾는 외국 선원들 앞에서 무용소 조원들은

"아! 9년제 의무교육 정말 좋아요." 하며 팔랑팔랑 춤추고 노래하였다.

이 보애 선생님은 무용뿐만 아니라 작사, 작곡도 다 했는데 직접 노래를 지어 그 노랫가락에 맞춰가며 춤을 가르쳤다.

이따금 승리 극장 앞, 백양나무에 높게 걸린 확성기에서는 『지금부터 함경북도 청진시 신암 여자중학교 예술소 조원들이 출연하는 가무 이야기를 보내드리겠습니다.』하고 울려 퍼질 때도 있었다.

가무 이야기란 장구, 아니면 북을 멘 여러 명의 아이들이 무대에 나와 이야기도 하고 노래도 하며 춤을 추는 형식인데 뮤지컬과 비슷하다고 말할 수 있을 것이다.

인물이 곱고 춤과 노래를 잘하는 금주 언니는 그 유명한 여학교의 무용소 조원이었다.

함께 주연을 맡던 단짝 친구인 고 선희는 졸업과 함께 평양으로 뽑혀갔다.

고 선희는 재일 동포 2세였다.

고 선희는 무대에서 장고를 메고 사회주의 무상치료를 노래하는 춤을 추었다.

펴져라. 이 강산에 펴져라.

지난날 우리 부모 어떻게 살아왔던가.

약 한 첩 못 쓰고 불쌍하게 죽었지.

하며 재치 있게 장고를 두드리고 뱅글뱅글 돌고 노래하며 추는 춤이다.

금주 언니는 북을 메고 9년제 의무교육을 노래하는 춤을 추었다.

아! 좋아요. 9년제 의무교육 꽃 대문 들어서요.

하며 북을 두드리고 노래하며 추는 춤이었다.

고 선희는 얼굴이 갸름했고 금주 언니는 동그스름하다.

순희와 나는 손잡고 이따금 여자중학교 체육관에서 평양 공연을 앞두고 진행하는 시연회를 구경하러 가곤 했었다.

열대 명의 무용수들이 노래하며 춤을 출 때면 고 선희가 주연을 맡을 때도 있고 금주 언니가 주연을 맡을 때도 있었는데, 내 동무 순희는 고 선희보다 금주 언니가 더 예쁘다고 하였다.

그날 저녁 이 보애 선생은 금주 언니에게 많은 자랑을 늘어놓았다.

평양으로 뽑혀간 고 선희한테서 편지가 왔는데 영광스럽게도 6개월 과정의 유명한 무용 학원에 몸소 찾아오신 지도자 동지를 만나 뵈었다는 것이다.

18살 고 선희는 지도자 앞에서 사당춤(장고춤)을 췄는데 마지막 부분에서 무려 36바퀴를 돌았다고 한다.

지도자는 크게 박수 쳐 주시며

"어린 동무가 담차게 정말로 잘합니다." 하고 높이 치하해 주었는데, 이 보애 선생은 이런 말을 언니에게 하면서

"나도 정말로 보람을 느낀다." 했다는 것이다.

중학교를 졸업하며 금주 언니도 평양의 피바다가극단 무용수로 뽑혔지만 마지막 인물심사에서 통과되지 못했다.

그것은 오른쪽 눈 밑에 희미하게 작은 화상자국이 보였기 때문이다.

6월 6일.

소년단 창립기념일을 맞으며 시에서 진행하는 학교별 체육경기 날이었다.

이른 아침부터 경기장은 각 학교 학생들의 응원 열기로 울긋불긋 환호의 꽃물결을 이루는데

이겨라. 이겨라. 우리 선수 이겨라.

오늘의 승리는 우리 것이다.

야~~~~~~

북소리, 소고 소리, 나팔소리…….

우리 선수는 공부도 잘하지만,

훈련장에 나서면 체육도 잘한다네.

으라야야, 야차, 으라야야, 야차, 야……

그야말로 온 경기장이 불도가니 마냥 끓어 번진다.

오후 시간으로 이어지면서 제일 마지막 하이라이트는 『미국놈 불사르기』 경기이다.

확성기에서는

『이제 곧 미국놈 불사르기 경기를 시작하겠습니다.

결선에 오른 각 학교 10명의 선수들은 주석단 앞쪽으로 나와 주길 바랍니다.』하고 울려 퍼진다.

신암 여자중학교도 결선에 올랐는데 다리가 길고 몸매가 늘씬하고 목이 사슴처럼 쭉 빠진 금주 언니도 선수로 뛰게 된다.

결선에 올라온 여섯 학교 중에는 김영숙(김설송의 생모)의 모교인 수원여중도 있고, 체육무용을 잘하여 전국에 잘 알려진 라북여중도 있는데 천리마 학교의 영예를 안은 신암여중의 응원 열기는 하늘에 닿았다.

드디어 땅~ 하는 총소리가 들리고 야~ 하고 모두 일어서서 두 손을 흔들고 주먹을 쳐들고 붉은 깃발을 휘날리고 발을 구르며 운동장이 떠나가라 함성인데, 국방색 붉은 청년근위대 제복에 붉은 오각별이 달린 모자를 눌러쓴 선수들은 앞서거니 뒤서거니 달리고 또 달린다.

150미터 거리에 나란히 6개의 미국놈 허수아비가 볏짚으로 선수들 키 높이만큼 세워져 있고 목가총을 어깨에 메고 달리던 선수들이 숨 가쁘게 허수아비 앞에까지 다다라서는 목가총을 벗어들고 두 손으로 미국놈 허수아비를 찌르고 되돌아와 다음 선수에게 목가총을 넘겨주는데 신암여중이 제일 앞섰다.

그다음 수원여중이고 그다음 라북여중이다.

야~ 신암여중 교직원 학생들은 모두 일어나 환호성을 지르는데 여덟 번째로 제일 앞장서 달리던 선수가 긴장한 나머지 미국놈 허수아비 앞에서 목가총을 벗어 들다가 그만 다리가 꼬이며 풀썩 넘어지고 말았다.

그 틈을 타 두 번째로 앞서 달리던 수원여중 선수가 재빠르게 힘껏 미국놈을 찌르고 돌아서며 제일 앞서게 되었다.

숨 막히게 가슴을 조이는 긴장감 속에 신암여중 응원단 속에서는 탄식의 목소리가 울려 퍼지는데

"야~ 안 돼. 빨리 일어나. 빨리…" 그야말로 떠나갈 듯 함성이다.

드디어 아홉 번째로 목가총을 받아든 선수가 시원스레 달리며 오른손에 받아든 목가총을 재빠르게 어깨에 멘 다음, 눈 깜짝할 사이 허

수아비 앞까지 다다라 바로 밑에 놓여있는 휘발유 병을 들고 마개를 뽑은 다음 허수아비 머리 부분에서부터 쏟아붓는다.

드디어 열 번째 마지막 선수다.

금주 언니는 휘발유를 쏟아부은 아홉 번째 선수로부터 바싹 낮은 자세로 목가총을 받아들더니 힘차게 달린다.

야~ 온 운동장이 떠나갈 듯 함성이다.

맨 앞서 달리는 수원여중 열 번째 마지막 선수가 저만치 앞서 달린다.

금주 언니는 앞을 똑바로 바라보며 가슴 높이까지 들어 올린 양팔을 앞뒤로 힘차게 휘젓고 기다란 두 발은 복부까지 높이 들어 올리며 힘차게 달리는데

"20미터~, 10미터~, 5미터~" 드디어 중간지점에서 따라잡았다.

야~ 야~ 온 학교가 폭풍전야다.

어떤 선생들과 학생들은 두 주먹을 불끈 쥐고 운동장 가운데까지 달려 나와 환호한다.

드디어 1등으로 허수아비 앞에 선 금주는 땅바닥에 놓여있는 성냥갑을 집어 들었다.

이제 성냥을 긋고 불을 붙이고 재빠르게 뒤돌아 달려 결승선에 들어서면 된다.

그러면 미국놈 허수아비가 불길에 활활 타오르고 동시에 온 운동장이 떠나가라 함성이 터져 나오고, 그러면 천리마 학교의 체면을 세우게 되고 당당히 영예의 우승자가 되는 것이다.

성냥을 집어 든 금주가 화약지에 그은 불을 미국놈 허수아비에 갖다 대는 순간 픽~ 하며 허수아비 가슴팍에서 빨간 불기둥이 쏟아져 나와 금주의 얼굴을 휘감았다.

순간 아~ 하고 금주는 두 손으로 얼굴을 감싼다.

병에 든 휘발유는 조금만 부어야 했으나 가슴속에 증오심이 불타던 9번째 선수가 한 병을 다 쏟아부었고, 그러니 불을 갖다 대는 순간 폭발하며 불기둥이 뿜어져 나온 것이다.

금주의 머리카락은 불길에 그을리며 타들어갔고 옷엔 불이 번지고 얼굴은 화상을 입었는데, 야, 하고 환호하던 운동장이 일시에 쥐 죽은 듯 조용해졌다.

놀란 선생님들과 학생들이 달려나가 금주를 에워쌌다.

그렇게 해서 치료를 받았지만 오른쪽 눈 밑 화상 자국은 여전히 남아 있었던 것이다.

금주는 평양 무대에 설 수 없었지만 지도자의 총애를 받은 고 선희는 지도자의 지도로 만들어졌다는 무용 『조국의 진달래』와 『사과 딸 때』 『눈이 내린다』에서 주연을 맡았고 그리고 그 즈음 일절 알려지지 않았었다.

내가 고 선희를 텔레비전에서 잠깐 본 것은 많은 세월이 흐른 뒤였다.

금주 언니는 무용뿐만 아니라 노래도 잘했고 화술 또한 잘했다.

4월의 봄 명절을 맞아 승리 극장에서 신암 여자중학교 예술소 조원들의 공연이 진행될 때였다.

합창과 중창, 가무 이야기에 이어 은은한 선율이 흐르는 가운데 금주 언니가 무대에 나섰을 때였다.

무대 배경은 푸름푸름 새벽빛이 밝아 오는 전선 길인데 금주는 단정한 군복 차림에 붉은 기를 한 손에 들고 무대 가운데로 천천히 걸어 나오며 낭랑한 목소리로 격정을 담아 시를 읊는다.

보슬보슬 보슬비가 내리는 이른 새벽
밤에 낮을 이어 적의 폭격을 뚫고
진선으로 가는 차들을 맞고 보내는
전선 길 네거리 초소에 보초근무 서있다.
그의 눈동자 별처럼 빛난다.
⋯⋯

이때 무대로부터 제일 가운데 앞자리에 앉은 육돌이가 고무총을 꺼내들더니 두 눈을 가늘게 뜨고 무대에 선 금주를 향해 두 손을 눈높이까지 쳐들고 앞뒤로 힘껏 당기며 조준한다.

빵빵~ 경적을 울리며 다가오는 전조등 불빛.
여전사는 붉은 기를 쳐들었다.
항공입니다.

이때 차에서 천천히 내리시는 분
아~ 최고사령관 동지께서…

언니의 시는 점점 고조되는데, 그러면서 무대 앞쪽으로, 관중들의 객석 쪽으로 한 발짝, 한 발짝 더 가까이 다가서는데 육돌이는 힘껏 팽팽히 당겼던 고무줄을 놓으며 새총을 쏘았다.

순간 눈에 보이지 않는 날카롭게 구부린 철사가 오른쪽 종아리에 박혔다.

동시에 빨간 피가 흘러내린다.

난 순희의 두 손을 꼭 잡았다.

저렇게 새총이 종아리에 박혀 빨갛게 피가 흐르는데 얼마나 아플까? 긴장되는데 금주 언니는 표정 하나 바꾸지 않고 더 활짝 미소 지으며

최고사령관 동지. 앞에는 최전선입니다.
한 발자국도, 한 발자국도 더 나가실 수 없습니다.

얼마나 격정에 넘쳐 절절하게 시를 읊어 나가던지 언니의 두 눈에서는 정말로 위험한 전선 길로 떠나시는 최고사령관 동지를 직접 만나 뵈는 것처럼 눈물이 줄줄이 흘러내린다.

어린 동무가 정말 수고가 많구먼.

괜찮소. 괜찮단 말이요.

우리 전사들이 있는 곳이라면

어디든지 가보아야 하오.

무대에 선 금주 언니의 종아리에선 계속 피가 흐르고 격정을 담아
읊는 시는 점점 더 고조되며 관중들을 작품의 세계로 이끌어 가는데
순희의 두 손을 꼭 잡은 내 눈에서도 눈물이 줄줄이 흘러내렸다.

등굣길에 순희가 쉼 없이 재잘거린다.

"글쎄 말이야. 내 말 좀 들어봐. 고래가 황소의 70배라지 않니?

그렇게 큰데 아버지 원수님께서는 고래 한 마리를 잡으면 황소 70
마리를 잡는 것과 같다 하시며 사시사철 바다를 비우지 말고 더 많은
고래와 물고기를 잡아야 한다고 말씀하셨대."

순희 말처럼 온 나라는『바다이야기』로 시끄럽다.

길거리 담벼락에는『바다는 청춘의 활무대! 청춘들은 바다로!』라
는 플래카드가 나붙어 있고

확성기에서는『바닷물 위에 갈매기 날구요. 정든 님 뱃머리에 옷자
락 날린다.』

하는 구성진 노래가 울려 퍼진다.

새 학기 국어 교과서 제7과에는 황소 한 마리와 고래 한 마리가 그려져 있는데

『황소 1톤, 고래 70톤』이라고 쓰여있다.

아이들은 국어 교과서를 펼쳐들고 낭랑한 목소리로 읽어 나간다.

우리나라는 삼면이 바다로 둘러싸인 해양국입니다.

사시사철 바다를 비우지 말고 더 많은 물고기를 잡아

……

승리 극장에는 새로 나온 예술영화『갈매기호 청년들』이라는 포스터도 큼지막하게 나붙어 있다.

어른 아이 할 것 없이 너도나도 좋아하는 인기 배우 채 풍기와『성장의 길에서』와『최 학신 일가』에서 주연을 맡은 인상적인 여배우 최 부실도 나오는 재미나는 영화이다.

영화는 청춘들의 활무대인 바다에서 꿈과 희망을 꽃 펴가는 내용인데 영화를 보고 난 청춘들은 너도나도 당의 부름을 받들고 바다로 진출한다며 결의하고 나섰다.

전국 방방곡곡의 심심산골 청춘들도, 대도시의 졸업생들도 바다로 진출해야만 했다.

그해 졸업생인 금주 언니도 학급 아이들과 함께 수산사업소 가공 직장으로 배치 받았다.

어느 날 순희와 나는 약속이라도 한 듯 금주 언니가 일하는 수산사업소 구경 가자며 함께 나섰다.

파란 하늘엔 뭉게구름이 두둥실 떠가고 햇볕이 따스한데 길섶에는 코스모스가 곱게 피어 바람에 하늘거린다.

잠자리들이 낮게 날아예며 맴돌고 범나비가 꽃 속을 파고든다.

순희는 하얀 코스모스 한 송이와 연분홍 두 송이를 꺾어 들고 난 빨간 꽃잎에 앉아 졸고 있는 잠자리를 살짝 잡아 손가락 틈에 끼웠다.

꼼짝없이 잡힌 잠자리는 겁에 잔뜩 질린 듯 꼬리를 오므리고 작은 입을 오물거리며 두 눈을 반짝인다.

파란 하늘가에 종딜새 한 미리가 높이 날아올라 날갯짓을 하고 있는데, 철길목을 건너고 수정천 다리를 넘으니 저 멀리 갈매기들이 날아예는 포구가 보인다.

커다란 정문 위에는 『위대한 수령님께서 다녀가신 청진수산사업소』라는 글씨가 큼지막하게 나붙어 있고 왼쪽 높게 세워진 만수무강탑 옆에는 커다란 벽화가 그려져 있다.

벽화 속에는 수산사업소를 찾은 원수님께서 물에 젖은 비옷을 입고 어로공들과 함께 배전에서 활짝 웃고 계시는 모습이 담겨 있다.

잡아온 물고기를 실어 나르는 차들이 분주하게 정문을 나들고 부둣가엔 큰 철선이며 목선들이 정박해있는데 『갈매기 56호』라고 선수 옆면에 흰 글씨로 크게 써진, 다른 배들보다 멋진 철선이 유독 눈에 띈다.

파란 페인트칠을 한 높은 조타실 앞면에는 빨간 판에 흰 글씨로
『위대한 수령님께서 친히 오르셨던 배』라고 쓰여 있다.

가공장인 듯한 큰 가설 건물 안에서 가공반 처녀들이 까르르 웃고
떠들어 대며 스멀스멀 살아 움직이는 성게를 까고 한쪽에서는 큰 범
선에 실린 다시마를 들것으로 퍼 담아 나른다.

어부들이 긴 그물을 펴놓고 참대 바늘로 깁고 있는데 포구에는 로
프로 꼬리 부분을 감아 끌어올려진 커다란 고래가 해체되는 작업이
진행되고 있다.

저 멀리로 길게 새끼줄에 매달린 오징어들이 하얀 분이 오르며 햇
볕에 잘 말려지는데 구내 확성기에서는 노래가 울려 나온다.

동해바다 물결 위에 춤추는 갈매기야
꺾이지 않는 억센 그 날개 나는야 네가 좋더라.
철을다라 변함이 없이 갈매기 너와 함께 살리라
바다에 나래 펴고 여기서 살아가리라.

겨울이 왔다.

해마다 12월 1일이면 전국의 수산 부분 배들은 총동원하여 겨울철
명태잡이 전투에 나선다.

더운물과 찬물이 교차하며 흐르는 함경남도 신포 앞바다에는 겨울
이 되면 명태가 5미터 두께로 깔려 있단다.

그리하여 크고 작은 배들은 그 즈음이면 신포 앞바다로 이동 작업을 떠난다.

그 바다에는 낮이나 밤이나 배들이 점점이 떠있다.

연일 컨베아로 잡아온 명태를 가공장으로 퍼 담아 내리고 가공원들은 널따란 가공장에 쭈그리고 앉아 명태 배를 가르고 내장을 끄집어 내 선별하고 칡줄로 20마리씩 꿰여 나무 덕에 거는 작업을 한다.

물역의 백사장과 집들은 덕에 걸려 말려지는 명태로 바다 풍년이 든 건만 같다.

금주 언니도 신포 앞바다로 이동 작업을 떠났다.

외지로 이동 작업을 떠나온 가공반 처녀들은 바닷가 농가에 몇 명씩 나누어 들어 함께 생활한다.

하루 작업이 끝난 저녁이면 처녀들은 편지도 쓰고 뜨개질도 하고 둥그렇게 둘러앉아 오락회도 하며 재미나는 시간을 보낸다.

불빛이 희끄무레한 처녀들의 숙소에서는 언제나 웃음소리가 끊이지 않는다.

텔레비전, 라디오도 없고 극장도, 영화관도 없는 적막하고 조용하기만 하던 어촌마을이다.

그런데 겨울이 오고 명태잡이 전투가 시작되니 바다에도, 육지에도 활기가 넘친다.

심지어 하늘에 날아예는 갈매기들과 까마귀들까지 깨욱, 깨욱, 까욱, 까욱 하며 신난 것만 같다.

먹이 풍년에 사람 풍년이 든 것이다.

개들은 신나서 명태덕에서 떨어진 명태를 입에 물고 꼬리를 흔들며 뛰어다니고 까마귀가 까욱~ 까욱~ 하며 내려앉아 떨어진 명태를 물려고 하면 멍~ 멍~ 짖어대며 달려가 쫓아 버린다.

명태 풍년에 사람도 배부르고 돼지도 배부르다.

사람이 먹다 남긴 생선 국물 찌꺼기를 배부르게 먹은 돼지들은 꿀꿀거리며 초저녁부터 불룩한 배를 뉘이고 자고 있다.

아이들은 신이 나서 골목을 뛰어다닌다.

설 명절이 지나고 며칠간 파도가 높아지며 배들은 출항하지 못하고 방파제에 정박해 있고 할 일 없어진 가공반 처녀들은 간유 기름(명태 애기름)을 짜며 한가한 시간을 보내고 있다.

점심 식사를 마친 금주는 참대 대바늘로 진달래 꽃무늬가 새겨진 원탁보를 뜨고 있는데 가공 반장이 방에 들어서며

"금주야. 수고스러운 대로 내 부탁 좀 들어줄래?" 한다.

"이 책을 좀 갈매기 56호 갑판장한테 전해 주고 와."

장편소설 『준엄한 겨울』이다.

얼마나 돌려봤던지 책표지는 닳고 닳았는데 네 귀퉁이에 색종이를 오려 덧붙였다.

"갑판장이 누군데요? 전 얼굴을 모르는데." 하니

"배에 가서 찾으면 돼." 한다.

두툼한 소설책을 받아들고 금주는 하얀 계수건을 목에 둘렀다.

배들이 정박해 있는 방파제까지는 포구 쪽으로 조금 걸어 내려가야 한다.

날씨는 차가운데 겨울 하늘은 투명하고 햇빛이 비쳐 내리는 바다 수면은 흰 갈기가 일며 물결이 태양빛을 받아 반짝인다.

부둣가에 정박해 있는 배들의 머리 위로 갈매기들이 날아엔다.

자연 기후 현상으로 파도가 높아져 오랜만에 바다에 나가지 않는 선원들은 점심 식사를 마치고 선실에서 곤히 낮잠을 취하는 것 같은데 조용하기만 하고 사람 그림자 하나 보이지 않는다.

제일 크게 눈에 띄는 배가 보이기에 가까이 다가가 보니 『갈매기 56호』라고 쓰여 있다.

금주는 조심스레 배에 올라 기관실을 지나고 조타실 쪽을 지나 선원실 앞에 섰다.

그런데 안에서 손풍금 소리가 들려온다.

한참을 듣고 섰는데 능숙한 연주다.

그리고 그 곡은 지금은 거의 잊힌, 아주 오래전 영화 주제가다.

사람들은 그런 곡이 세상에 있는지도 대부분 모른다.

영화가 나오자마자 그 곡은 금지곡이 되었고 금지곡을 부르면 어떻게 되는지 잘 알고 있기 때문이다.

그런데 지금 들려오는 손풍금 소리는 그 못 부르게 된 금지곡인 것이다.

푸른 동산 나무 아래 이별인가 작별인가

봄도 가고 가을도 가고

……….

잘 가거라. 내 사랑 기약 없는 이별인가

……

뭐 이런 곡이었다.

들으면 들을수록 애잔한 감정이 일며 마음속 깊이에 깊은 슬픔이 묻어나 오래오래 여운으로 남을 것만 같은 명곡이다.

"저 곡을 연주하는 사람은 누구일까?

누구길래 저렇게 손풍금을 잘 연주할까?

그것도 아무나 부를 수 없는 금지곡이지 않는가.

그러다 문제라도 일으키면 어쩌려고?"

이렇게 생각하며 금주는 작게 선원실 문을 두드렸다.

그런데 조용히 손풍금 소리만 들린다.

다시 용기를 내어 조금 더 세게 두드렸다.

손풍금 소리가 뚝 그친다. 조금 지나 문이 스르르 열린다.

"누구세요? 누굴 찾아오셨나요?" 하며 금주 앞에 우뚝 섰다.

금주는 부끄러워 머리를 쳐들지 못한다. 앞에 선 그 발이 너무 크다. 그렇게 큰 발은 지금껏 본 적이 없다.

금주는 한 발 비껴 서며

"이 책을 가공반장 언니가 전해 주라고 해서. 갑판장님한테요." 했다.

"제가 갑판장인데요." 한다.

금주는 머리를 가까스로 쳐들었다.

얼굴이 마주치는 순간 세차게 가슴이 방망이질을 한다.

순간이었다. 그 눈빛을 쳐다본 것이.

훤칠한 키에 덥수룩한 곱슬머리, 그려 붙인 것만 같은 짙은 눈썹에 관자놀이 쪽으로 시원스레 찢어진 쌍까풀 없는 두 눈, 하얀 갸름한 얼굴에 오뚝한 콧날, 발목까지 내려오는 진 곤색 해군 모직 외투에 손풍금을 메고 있다.

양쪽 선반에 올려진 크고 길쭉한 손가락이 보인다.

금주는 얼굴이 확 달아오르고 가슴이 쿵쾅거리는데 재빠르게 책을 내밀고 홱 몸을 돌려 배에서 내려선 다음 냅다 달린다.

뚝~ 하고 책이 갑판에 떨어진 줄도 모르고.

달리는 금주 머리 위로 갈매기 한 마리가 낮게 날아예며 따라온다.

그날 저녁 금주는 반장 언니한테서 그에 대한 이야기를 들었다.

고향은 황해도 연백벌이며 당의 부름을 받고 바다로 진출했는데 함께 온 젊은이들은 적응을 못하고 모두 떠나갔지만 그만이 남게 되었다는 것이다.

부모님은 해군 군관 출신인데 연백벌의 리당 비서란다.

처마 밑에 고드름이 길게 매달리고 까치가 집 앞에서 깍~ 깍~ 울고
천정에서 작은 거미가 줄을 타고 내려온 날, 금주 언니한테서 전보가
왔다.

『1월 25일 새벽 3시 금주. 청진역 도착.』

드디어 명태잡이 전투가 끝나고 보고 싶은 금주 언니가 집에 온단다.

우리 식구들은 일찌감치 저녁을 먹고 잠자리에 들었다.

엄마는 "빨리 서너 시간이라도 눈 붙여라. 역까지 한 시간 남짓 걸
어야 하니 집에서 1시쯤 출발하면 될 거야." 하신다.

불을 끄고 누웠어도 나는 잠이 오지 않는다.

마음이 점점 초조해지고 발걸음은 역으로만 달리기 때문이다.

캄캄한 눈앞에 달리는 기차가 어렴풋이 나타나고 커다란 보따리와
배낭을 이고 메고 진 금주 언니의 모습이 희미하게 보인다.

가물가물 잠이 들 무렵 엄마는 나를 흔들어 깨운다.

"성주야, 빨리 일어나. 시간이 다 됐어."

은주 언니와 나는 두툼히 껴입고 집을 나섰다.

밤하늘에는 별들이 깜빡이고 찬바람이 훅~ 끼치는데 인적이 없는
눈앞은 어두워 한 치 앞도 보이지 않는다.

은주 언니와 나는 긴장하여 부지런히 걷는다.

파도 소리가 간간이 들리는 천마산 굽이를 돌 땐 너무 무서워 등골
이 오싹하고 소름이 돋았다.

으슥한 천마산 굽이에선 여러 가지 강도 사건이 많이 발생하기 때

문이다.

드디어 부지런히 걸어 불빛이 환한 역 대합실에 들어섰다.

널따란 역 대합실에는 우리처럼 마중 나온 사람, 차 시간을 기다리며 떠나려는 사람들이 끄덕끄덕 졸고, 웅성이고, 서성이고 하는데 열차가 들어선다는 안내방송이 울려 나온다.

은주 언니와 나는 빠르게 대합실을 빠져나가 열차에서 내린 사람들이 표를 끊고 나오는 개찰구 쪽에 섰다.

나는 두 눈을 동그랗게 뜨고 커다란 짐을 이고 지고 나오는 사람들을 한 명 한 명 살피며 금주 언니를 찾는다.

그런데 마지막 한 사람이 다 빠져나올 때까지도 언니의 모습이 보이지 않는다.

사람들이 다 빠져나오니 조용하기만 한데 우린 한참 그 자리에 멍하니 서있다 되돌아서야 했다.

터벅터벅 걸어 다시 머나먼 집으로 향하는 발걸음은 무겁고 마음은 한없이 서럽고 아쉽기만 하다.

푸름푸름 날이 밝을 무렵 집에 들어서니 기다리고 있던 엄마는

"언니는?" 한다.

"없어. 안 왔어."

"안 오다니."

엄마의 얼굴은 걱정과 아쉬움에 젖어 있고 다음 날 은주 언니와 나는 또다시 밤길을 걸어 마중을 나갔다.

그날도 온다는 금주 언니는 보이지 않는다.

맥없이 걸어 집에 들어서니 한 보따리 이고 커다란 군용 배낭을 메고 양손에 무겁게 짊어진 금주 언니가 우리보다 먼저 집에 도착해 있다.

그간 해변에서 찬바람에 곱게 피어난 해당화처럼 얼굴이 조금 발그레해지고 오므렸던 해당화 꽃송이가 햇빛을 머금고 활짝 피어난 것처럼 예전 모습보다 더 활짝 피어나 보인다.

거기다가 해풍에, 풍랑에 더 억세진 갈매기처럼 더 단련되고 강해진 듯이 늠름해 보이기까지 하다.

언니가 펼쳐놓은 짐이 한 구들이다.

큰 보따리와 군용 배낭을 풀어헤치니 겨울 해변에서 햇빛에, 해풍에, 흰 눈을 맞으며 노랗게 잘 말리어진 황태들이 와르르 쏟아져 나온다.

엄마는 "세상에. 잘 말리기도 했네." 하며

"한 두름(20 마리), 두 두름…" 하고 센다.

오른손에 들었던 큰 단지에는 빨간 명란이 먹음직스레 들어 있고 왼손에 들었던 보따리에는 간유 몇 병과 사탕, 과자, 사과 그리고 떡 꾸러미가 들어 있다.

은주 언니는 냉큼 사과 한 알을 집어 들고 옥주 언니는 송편을, 난 과자, 잠을 금방 깨고 어리둥절 앉아 있던 영주는 사탕을 집어 든다.

그리고 나를 빤히 쳐다보더니 바른손에 사과 한 알을 또 집어 든다.

그다음 사탕은 입에 넣고 또다시 떡을 집어 든다.

사탕 한 알은 입에 넣었고 오른손엔 사과, 왼손엔 떡을 집었다.

영주는 양손에 집어 든 사과와 떡을 번갈아 본다.

엄마는 매떡을 하나 집어 한 입 베어 무는데 금주 언니는 배낭 뒷주머니에서 꽃 수건에 정성껏 싼 그 무엇을 풀어 헤친다.

엄마가 "그 건 뭐니?" 하는데 언니는 얼굴이 조금 더 발그레해지며 "표창장" 한다.

"설 명절 때 물고기 가공 전투에서 위훈을 세웠다며 수여받은 표창장예요." 한다.

엄마가 받아들고 보려고 하자 은주 언니가 재깍 엄마 손에서 표창장을 낚아챈다.

"어머, 정말 표창장이네. 언니 대단하다." 하더니

"표창장" 하고 읽어 내려간다.

"한밤중에 갑자기 태풍이 불어닥쳤어요.

집채 같은 파도가 물역의 덕장을 모두 쓸어갔지요.

겨울바다와 싸우며 어로공들이 사나운 날바다에서 어떻게 잡은 물고기들인데요.

다급한 종소리가 울리고 가공반 처녀들은 첨벙첨벙 파도 속으로 뛰어들었어요.

세찬 파도에 떠내려가는 명태를 한 드럼이라도 더 건져 올리려고 필사적인 사투를 벌였지요.

난 차가운 겨울바다에 뛰어들어 건져내고 또 건져냈어요.

집채 같은 파도가 휘감았을 때, 그리하여 깊은 바닷속으로 점점 더 밀려갈 땐 죽을 수도 있다고 생각했어요.

어두운 밤바다를 향해 외치는 소리가 들리더군요.

금주야! 금주야! 위험해. 이젠 그만하고 빨리 나와.

파도가 점점 더 세지고 있어. 상급의 지시야.

어버이 수령님께서 보고받으시고 명태보다 더 귀중한 건 우리 청춘들이라 하셨대.

간간이 찾고 부르며 엉엉 우는소리가 들렸어요.

난 필사적으로 목숨을 걸고 파도와 싸웠어요.

건져내야 해. 건져내야 해. 하면서요."

엄마는 "그래, 동상이라도 입지 않았니? 그러다 죽으면 어쩌려구." 하며 금주 언니의 두 손을 덥석 잡는다.

언니는 다른 꽃 보자기를 풀더니 생긋 웃으며 빨간 나일론 치맛감을 엄마에게 내민다.

"아이유, 곱기도 하네."

엄마가 두 손을 쳐들고 활짝 펼치는데 정말 곱다.

그때는 나일론 원단이 비싸고 귀한 때였다.

다소곳이 머리를 숙인 금주 언니가 말한다.

"이다음 3일 날 입으면 좋을 것 같아서요."

(북변 땅 혼례 법은 결혼식을 올린 3일 후 신랑신부가 시집에서 꾸려주는 음식을 꽃 보자기에 싸가지고 신부 부모님 집으로 가는데 그때 신부가 입는 조선옷.)

"주인집 할머니가 150원에 내놓은 건데 제가 사겠다며 졸랐어요."

이렇게 말하며 금주 언니는 엄마에게 죄송하고 미안함을 내비친다.

엄마는 "사길 잘했어. 금방이야. 나이가 금방 차지. 하나하나 준비해야지." 하더니 윗방으로 횡~ 하고 올라가 장롱 열쇠를 열고 한 겹 한 겹 정성껏 개켜 넣은 옷들을 들추어내고 제일 밑에 깊이 보관해두었던 하얀 보자기에 싼 것을 꺼낸다.

좀약 냄새가 확 풍긴다.

엄마가 펼쳐놓은 것은 중국 이불 등과 요 등, 담요, 햇보이다.

빨간 바탕의 옥양목 원단 이불 등에는 더 붉게 선명한 목단꽃이 수놓아져 있고 파란 바탕의 요 등에는 한 쌍의 공작새가 새겨져 있다.

정말 곱다. 엄마는 두 손으로 쓰다듬는다.

솜털같이 부드러운 오렌지색 바탕의 담요에는 빨갛고 파랗고 하얀 큼직큼직한 함박꽃 꽃송이들이 피어나 있다.

연분홍 바탕의 햇보에는 원앙새 한 쌍이 새겨져 있다.

내가 다섯 살 때였다.

한낮의 태양이 뜨거운데 엄마는 맨발로 집 언덕을 내려 큰 길가까지 달려 나갔다.

중국 연길에 살고 있는 이모와 이모부가 어린 아들을 데리고 조선으로 나온 것이다.

그때 내놓은 것인데 엄마는 오랜 세월 좀약을 넣어 고이고이 보관해 두고는 이따금 들추어내 쓰다듬고는 다시 넣어두곤 하였다.

금주 언니가 시집갈 때 해줄 거란다.

엄마는 활짝 펼쳐들었던 그 빨간 나일론 치맛감을 고이 접더니 함께 싸 장롱 밑에 고이 집어넣고는 열쇠를 잠근다.

"네가 이동 작업을 떠난 다음 저 건넛집 구역직맹 위원장 큰아들이 제대해 왔어. 구역당 조직부 지도원으로 임명됐다더라.

그런데 그 집에서 널 욕심내는 것 같더라. 키가 훤칠한 게 잘생겼더구나."

엄마의 말이 끝나기도 전에 금주 언니는

"어머니도, 제 나이 이제 몇이라고." 하며 발딱 일어선다.

옥주 언니가 "엄마, 큰 언니 시집가는 거야?" 하는데 금주 언니는 얼굴이 빨개지며

"얘는." 한다.

처마 밑에 길게 드리웠던 투명한 고드름이 낮 동안의 봄볕에 녹으며 뚝~ 뚝~ 떨어지고 얼어붙은 징검다리 밑에서 도란도란 봄물 흘러가는 소리가 들린다.

돌 틈에 꼬또깨지(버들개지)가 피어나고 입을 뗀 개구리들이 개굴 ~ 개굴~ 울어댄다.

엄마는 김치 움에서 봄에 먹는 동치미를 떠온다.

그러면 식구들은 둥그런 밥상에 둘러앉아 강냉이 국수에 시원하게

말아 먹는다.

텃밭 한쪽켠에 묻어 두었던 무를 파내어 식칼로 깎아먹고 채칼로 쳐 뭇국 끓이고 옥수숫가루에 버무려 범벅도 만들어 먹는다.

움에서 꺼낸 감자를 구들에 펴놓고 싹을 틔우고 작은 마늘밭에 덮었던 톱밥도 걷어낸다.

벌써 파란 새싹이 돋아난다.

마을과 거리 곳곳에는 『3, 4월은 봄철 위생월간이다.』라는 플래카드가 걸려있고 바닷가 쪽으로 희뿌연 안개가 몰려온다.

그러면 등대 고동 소리가 밤이나 낮이나 붕~ 붕~ 하고 길게 울린다.

밤안개 흐르는 하늘가로 보이지 않는 기러기들의 울음소리가 들려오고 우윳빛 감도는 바닷가, 아득히 가파른 벼랑 턱 위로도 기러기들이 가지런히 줄을 지어 서로 찾고 부르며 날아엔다.

힘에 부쳤는지 무리로부터 아득히 뒤처져 홀로 날고 있는 기러기가 보인다.

산기슭 양지쪽에 진달래가 망울을 터뜨리고 해변의 절벽에 마디나물이 먹음직스럽게 파릇파릇 돋아날 무렵, 방송에서는 봄 명절 노래가 울려 퍼진다.

진달래꽃 붉게 핀 4월의 명절.
만경대에 태양이 솟았네…

봄 명절 때면 온 나라는 축제 분위기다.

금주 언니는 경사스러운 봄 명절을 맞으며 무대에 선단다.

매일 하루 일을 끝마친 저녁시간이면 수산사업소 회관에서 예술 소조원들과 함께 춤추고 노래 부르며 연습에 여념이 없다.

시연회를 하루 앞둔 날이었다.

"금주 동무. 반주를 맡게 될 손풍금수가 내일 올 거야."

선전 대장의 말이다.

'누구일까?' 생각하는데 앞에 선 손풍금수는 그였다.

그날 갑판 위에서 발목까지 내려오는 해군 오버에 손풍금을 메고 앞에 섰던, 그 갑판장이다.

금주는 또다시 가슴이 울렁거리며 어쩔 줄을 모르는데 앞에 손풍금을 메고 우뚝 선 그가 환하게 웃으며

"서인석이라고 합니다." 한다.

그렇게 무대에서 금주는 서인석을 만났다.

서인석의 손풍금 반주에 맞추어 명절 무대에서 금주가 부른 노래는 『해당화』란 노래였다.

해당화 붉은 꽃이라 곱네.

호랑나비는 감돌아들고

해당화 피여서 방긋이 웃네.

아! 곱구나. 해당화야

너만 곱다 뽐내지 마라,

굴 캐는 처녀 나에게도

고운 사랑 너와 같이 피어서

뱃사공 우리 님 날 보러 온다.

무대에서 『해당화』노래를 부르며 마음속 깊은 곳에 움트고 자리한 사랑의 새싹은 그리움으로, 아름다운 꿈으로, 사랑으로 가꿔지고 꽃 펴났다.

도래굽이에서 미역을 따다가도, 조개를 줍다가도 수평선 저 멀리 흰 돛대가 보이면 갈매기 56호가 만선기를 달고 포구로 돌아오는가 하여 하염없이 바라봤고 그러다가도 기다리던, 보고 싶은 뱃머리가 보이면 가슴이 울렁거렸다.

그러면서 함께 오르고 싶었다.

훨훨 먼바다에 나래 펴고 갈매기처럼 자유로이 날고 싶었다.

또다시 겨울이 오고 명태잡이 전투가 시작되었다.

그 겨울 금주는 꿈꿔오던 갈매기 56호에 오르게 되었다.

갈매기 56호와 갈매기 57호는 그날도 나란히 선단을 지어 날 밝기 전 겨울 바다로 출항했다.

한창 뜨락 작업이 진행되고 한 번 그물을 들어 올릴 때마다 갈매기들이 깨웃거리며 머리 위에 하얗게 맴도는데 56호는 이제 한 번만 더 그물을 넣었다 들어 올리면 만선이고, 그러면 연간 계획을 완수하게 된다.

선장이 조타실에서 머리를 내밀며 무전수에게 소리친다.

"야, 57호가 어데 있는지 무전 쳐 봐. 고기가 없으면 이쪽으로 빨리 오라고 해. 여기가 53 해구야. 알았어?"

무전수는 무전을 날렸다.

서인석이 조타실을 올려다보며 소리친다.

"선장 아바이. 이젠 그물을 들어 올리지요. 배가 들어간 걸 보라요. 안전선을 넘었지 않나요?"

선장은 조타실에서 머리를 길게 내밀어 안전선을 확인하더니 땡~ 땡~ 종을 흔든다.

그다음 양망기가 돌아가고 수심 400 미터 물속에 가라앉았던 그물 입구를 벌려주는 커다란 양쪽 확대판이 올라오고 쇠 로프는 쉼 없이 감기는데 또다시 커다란 그물 속에 명태가 한가득 들었다.

서인석이 또다시 조타실을 쳐다보며 소리친다.

"선장 아바이, 한 망태기만 쏟지요. 어창 칸이 만땅 찼어요. 갑판에다 부으면 물구멍이 막히지 않나요?" 한다.

선장은 "그럼 한 망태기만 쏟아." 하고 소리친다.

로라줄에 매달려 높이 들어 올려진 그물 망태기 줄을 당기니 와르르~ 명태가 쏟아져 내렸고 갑판은 물고기들로 평평하게 되었다.

배전의 물구멍들은 모두 막혔는데 배가 물속으로 쑥 들어간다.

"나머진 다 버리지요. 아까워도 할 수 없지요 뭐." 하고는 그물 속에 든 명태를 바다에 와르르 쏟는데 순식간에 날아온 갈매기들이 귀청이 터지도록 시끄럽게 깨욱거리며 수면에 하얗게 떠있는 먹잇감을 입에 문다.

다 쏟아 버리고 제일 마지막에 들어 올린 그물 망태기에 명태가 조금 남아 있을 때 선장은

"야, 그건 버리지 말고 갑판에다 쏟아." 했다.

서인석은 깜짝 놀라며

"안 돼요. 배가 돌이간 걸 보라요." 하는데

선장은 "날씨가 좋아 괜찮아." 했고 취사실 문을 빠끔히 열고 밖을 내다보던 금주는 배가 들어간 것을 보고 조금 겁먹은 기색이다.

"만선기 달아." 하고 선장은 소리친다.

그다음 확성기에서 은은한 노랫소리가 울려 퍼진다.

잔잔한 물결 위에 별들이 반짝이고
몰아가는 뱃길엔 물보라 날리네.
나가는 배전에 출렁이는 물결은
보람찬 하루 일을 말하여 주네.
아~ 날리는 만선기 바라보며
조국으로 돌아가는 뱃길은 좋다네.

언젠가 무대에서 서인석이 손풍금을 치고 금주가 부르던 노래다.

만선기 휘날리며 배가 포구로 향할 때였다.

호수처럼 잔잔하던 수면에 갑자기 한 번, 두 번, 너울파도가 일더니 세 번째 너울파도에 배가 확 물을 떠먹었다.

그다음 갑판으로 쏟아져 들어온 물에 물구멍이 모두 막혀 빠지지 못하는데 네 번째 너울파도가 다시 다가오는 순간 배는 물결을 따라 높이 들어 올려졌다가 다시 물결을 따라 비스듬히 내려오며 그대로 물속으로 가라앉는다.

"배가 가라앉는다." 누군가 소리쳤고

"빨리 명태를 퍼버려" 하는 소리가 들리고 명태들이 물속으로 흩뿌려진다.

깨욱~ 깨욱~ 순식간에 날아온 수많은 갈매기들이 귀청이 찢어져라 울부짖으며 뱃머리를 하얗게 감돈다.

갑판으로 떠먹은 물이 물구멍이 모두 막혀 빠져나가지 못하고 기관실로 흘러드는데 웬일이냐는 듯 기관장이 기관실 문틈으로 머리를 쑥 내민다.

잔뜩 움츠려들고 놀란 듯한 모습에 두 눈을 치뜬 기관장이 멀리 날마다 쪽을 바라보더니

"김 선장. 하늘이 심상치 않아. 저 새쪽(북쪽) 하늘을 좀 보라구." 한다.

시꺼먼 먹장구름이 빠르게 밀려오는데 곧 새바람(북쪽에서 불어오

는 바람)이 터질 것만 같다.

게다가 마물(남쪽으로 흐르는 물, 북쪽으로 흐르는 물은 새물이라 한다)이 벼락물(세차게 흐른다는 뜻)이다.

13살적부터 사잣밥을 지고 한평생 배를 탄 기관장은 하늘을 쳐다보고, 바람 방향을 가늠해 보고, 또 물살을 보고 자연의 섭리를 귀신처럼 알아맞힌다.

"김 선장. 가까운 포구로 뱃머리를 돌리게. 곧 터질 거야. 몽새독(독처럼 생긴 아늑한 포구)으로 빨리 대피해야 하네.

시간이 없어. 우리 포구까진 가긴 글렀어.

그러고 보니 요즘이 니아도꾸(해마다 어김없이 시기에 맞춰 일본으로부터 밀려오는 강한 태풍)가 올 시기야."

그 말이 떨어짐과 동시에 팍~ 하고 새쪽으로부터 세찬 바람이 터졌다.

검은 구름이 날바다 쪽에서부터 빠르게 밀려오는데 멀리 수평선쪽, 검푸른 바다가 시커멓게 일렁이며 무섭게 달려들고 있다.

"김 선장. 빨리. 배가 뒤집힐 수 있어. 선수를 바람과 맞받아 세우라구. 명태를 빨리 퍼 버려야 해. 빨리."

드디어 세찬 바람과 함께 검푸른 물결이 하얀 물갈기를 일며 드넓은 날바다에 떠있는 가랑잎 같은 작은 어선을 사정없이 덮친다.

꽈광~ 꽝~ 돛대가 부러졌다.

한 번, 두 번, 세 번째 집채 같은 파도가 덮치자 쨍그랑~ 조타실 유리가 박살 나며 푸~ 하고 선장은 얼굴에 흩뿌려진 찬물을 쓸어낸다.

"무전수. 빨리 무전을 날려. 빨리. 여기가 58 해구야. 어서."

무전수는 "파도 높이, 파도 높이. 산이다. 산…… 산이단 말이다. 여긴 58 해구, 58 해구….'

취사실 문을 꼭 닫고 허리를 굽히고 두 손으로 부뚜막 위 가마솥을 꼭 잡고 선 금주는 두 다리가 후들후들 떨린다.

가슴도 마구 방망이질하며 세차게 두근거리고 머리는 어질어질하고 금방 도할 것만 같다.

물결에 높이 들어올려진 배가 다시 물결을 따라 급속도로 비스듬히 하강할 땐 배속의 내장이 모두 밖으로 쏟아져 나올 것만 같이 찌르르~ 전율이 감돈다.

꽝~ 세찬 물살이 작은 취사실 문을 들이치자 작은 문짝이 부르르~ 떨더니 문틈으로 물이 쏟아져 들어온다.

다시 배가 높이 들어올려졌다가 빠르게 하강하며 뒤집힐 듯하는 순간 또다시 꽝~ 하고 문짝을 부술 것만 같은데 금주는 쏟아져 들어오는 물살에 문짝이 떨어져 나갈 듯 온몸으로 작은 문을 막고 선다.

갑판에서 와당탕 꽝~ 하는 소리와 함께

"야! 안 돼." 하는 서인석의 다급하고 새된 소리가 들려온다.

이번엔 배가 뒤집히려는지 처절썩~ 하며 기우는 순간 찬장의 그릇들이 와르르~ 쏟아져 내렸고 동시에 가마솥 뚜껑이 부뚜막에 떨어지고 금주는 휘청하며 그 위에 쓰러졌다.

희미하게 정신이 들며 눈을 뜨니 쓰러진 발치에 새장이 나뒹굴어 있다.

"새~" 하고 작게 뇌이는데 놀란 새가 나뒹구는 작은 새장 안에서 팔 짝팔짝 뛰며 짹짹거린다.

산이며 바다며 온통 하얗게 안개가 꼈을 때 이름 모를 작은 새가 방 향을 잃고 바다 쪽으로 날아들었다.

앉을 자리를 찾을 길 없던 새는 날고 또 날았다.

날고 날아도 희뿌연 안갯속에 넘실대는 바다뿐이다.

무섭고 지쳐간다.

아늑한 숲속, 따뜻한 보금자리에서 새끼를 품고 있다, 새끼에게 먹 일 먹이를 잡으러 나왔다.

그러다 안갯속에 길을 잃었다.

먹이를 물고 날고 또 날았지만 망망한 대해뿐이다.

그러다 힘이 들고 지쳐 입에 문 먹이는 물 위에 떨어뜨렸다.

온 기력을 다해 배고픔에 기다리는 새끼들을 생각하며 날갯짓을 하고 또 할 때, 그때 갈매기 56호의 돛대가 어렴풋이 보였다.

그래서 다행히 그곳에 앉았다.

그날 금주는 갑판에 나와 채소를 씻다 짹~ 짹~ 슬피 우는 새소리를 들었다.

그 맑고 고운 소리를 쫓아 머리를 쳐드니 아득히 높은 돛대 위에 작 은 새 한 마리가 앉아 있다.

쳐다보며 "새!" 할 때 서인석이 곁에 다가왔다.

"불쌍해요." 했을 때 서인석은 아득히 높은 돛대 위로 한 치 한 치 올랐다.

그리하여 새장을 만들어 취사실 찬장 옆에 걸어 주었다.

짹~ 짹~ 짹~ 하는 소리에 조금 정신이 들고

'보금자리로 돌려보내려고 했는데… 새끼들이 얼마나 배고픔에 기다릴까?' 생각할 때 문이 벌컥 열리며 서인석이 들어섰다.

장화는 벗겨져 맨발이고 두 발은 빨갛게 얼었다.

맨머리는 흠뻑 젖었고 갑바옷(어부들 방수복)은 앞섶의 단추가 모두 떨어져 나가고 너덜너덜 찢어졌다.

서인석은 한 손으로 새장을 꼭 쥐고 쓰러져 있는 금주를 벌컥 일으켜 안았다.

그리고 뚫어져라 얼굴을 쳐다본다.

금주의 작은 얼굴은 백지장처럼 창백한데 공허한 두 눈엔 초점이 없다.

온몸은 싸늘한데 무서움과 공포에 절망감마저 든다.

그리고 파르르 떤다.

서인석은 빠르게 구명조끼를 벗어 금주의 가냘픈 몸에 입혀주며

"단단히 마음먹어야 해. 겁먹지 마. 내가 있잖아." 했을 때, 다음 꼭 껴안으려 할 때 "야! 갑판장" 하는 소리가 다급하게 들려온다.

"예" 하며 문을 미는 동시에 서인석은 뒤로 벌렁 넘어진다.

심하게 배가 기울어 하강하며 세찬 물살이 들이친 것이다.

거세찬 물결이 들이친 취사장, 죽었는지 살았는지 새소리도 잠잠하다.

금주는 서인석이 입혀준 구명조끼 앞섶을 꼭 쥐고 발목까지 물에 잠긴 취사실에 우두커니 섰다.

눈앞이 어질어질하고 양쪽 귀가 윙윙거리는데 새소리도 들리지 않고 새장도 보이지 않는다.

그런데 밖의 모습들이 궁금하다.

금주는 잔뜩 겁에 질린 모습으로 빠끔히 취사실 문을 열었다.

동시에 악~ 하고 기절해 쓰러졌다.

문이 빠끔히 열렸을 때, 그때 산같이 높은 거대한 물결이 배를 휘감는 것이다.

"엄마, 엄마…"

멀리서부터 들리는 다급한 목소리다.

엄마가 "저게 옥주 목소리가 아니냐?" 할 때 문이 벌컥 열리고 숨을 헐떡이며 옥주 언니가 들어선다.

또다시 "엄마, 엄마…" 하며 꺽꺽거리는데 엄마는 몸을 일으키더니 "무슨 일인데? 무슨 일인지 말을 해야 알지" 한다.

"갈매기 56호가 침몰했대. 니아도꾸, 니아도꾸. 언니 배가, 언니 배가 가라앉았대."

벌떡 일어선 엄마는 "무시기라니? 누가 그러데? 야는 무슨 귀신 씻나락 까먹는 소리 한 디야" 한다.

"지금 부둣가에 난리 났대. 울고불고. 빨리 가."

엄마는 맨발로 냅다 달린다.

달리며 "성주야. 넌 따라오지 말고 영주를 데리고 집에 있어."

다급히 소리친다.

은주 언니는 "엄마. 신발…" 하며 부엌켠에 놓여있는 엄마 편리화를 들고 뛰어나가고 옥주 언니도 뒤따른다.

"언니. 같이 가" 하며 내가 햇보를 활짝 젖히고 입을 옷을 찾는데 가마목에 어리둥절 앉아 겁에 질린 눈으로 나를 초조하게 쳐다보던 영주가 "으앙" 하고 울음을 터뜨린다.

수산사업소 부둣가에는 울고, 불고하는 인파들로 발 디딜 틈이 없다.

높은 간부들의 승용차도 보인다.

방파제 안쪽은 고요한 수면인데 저 멀리 날바다 쪽은 세찬 샛바람이 불며 검푸른 물결이 일렁인다.

갈매기들이 무슨 일이 있냐는 듯 머리 위로 유유히 감돌고 어떤 갈매기들은 자기들도 슬픈 듯 깨욱~ 깨욱~ 운다.

유독 한 쌍의 갈매기가 아득히 높은 창공에 나래 폈다.

무전에 의하면 56호는 침몰되고 57호는 구사일생으로 살아났는데 그 57호의 위치를 가늠해 보려는 듯하다.

그리하여 희소식을 알려주려는 것만 같다.

잿빛 하늘에선 눈꽃이 하늘하늘 내린다.

하염없이 바다를 바라보고선 엄마 머리 위에도, 은주 언니 동그란 어깨 위에도, 옥주 언니 콧등과 발그레한 뺨에도 하얀 눈송이가 내려 앉고 비껴가고 스쳐간다.

은주 언니는 목에 두른 두툼하고 하얀 계수건을 풀더니 엄마 머리에 내려앉은 흰 눈을 털어내고 씌워주고 여며준다.

곁에 선 옥주 언니는 그런 엄마를 쳐다보며 눈물을 글썽이더니 머리를 숙이고 손등으로 눈물을 닦아낸다.

"저기 배가 보인다. 57호인 것 같아. 봐, 봐. 저기 수평선 쪽에 작은 형체가 보이지?"

누군가 소리치는데 수많은 사람들이 가리키는 쪽으로 눈길을 보낸다.

"맞는 거 같아. 57호야."

바다로 떠날 땐 두 척이었지만 돌아올 땐 한 척뿐이다.

"엄마. 어떻게 해. 맞네. 56호가 침몰한 것이."

옥주 언니가 엄마의 한쪽 팔을 잡더니 발을 동동 구르며 눈물을 떨 군다.

"불쌍한 우리 언니, 언니야."

은주 언니는 두 손으로 얼굴을 감싸더니 주저앉아 서럽게 운다.

난 엄마 얼굴을 쳐다봤다.

그런데 엄마는 눈썹 하나 까딱하지 않고 똑바로 조금조금 형체가 선 명해 보이는 배를 바라보는데 양쪽 속눈썹에 작은 눈송이가 내려앉았다.

창백한 엄마 얼굴은 형장의 이슬로 사라지는, 단두대에 선 여전사의 강인한 모습 같다.

"강물은 바다로 흐릅니다. 저 거세찬 물결은 그 누구도 막지 못합니다." 하고 외치며 일본 토벌대장이 쏜 총탄에 맞아 쓰러지는, 조선 예술영화『강물은 흐른다』의 여주인공 모습 같다.

엄마는 양쪽 어깨를 쭉 펴고 흰 눈을 맞으며 똑바로 서서 바다와 다가오는 배를 바라보는데, 강인함과 꺾을 수 없는 여전사의 의지가 엿보인다.

그래서일 것이다. 그래서였다. 엄마였기에 그 모진 시련과 난관을 이겨낼 수 있었고, 이겨낸 엄마였다.

아버지의 산소에서 산불을 냈을 때, 그리하여 감옥에 잡혀갔을 때, 차디찬 감방 속에서 눈이 오나 비가 오나 긴긴밤을 지새운 엄마다.

눈앞에 어른거리는 것은 오골오골 한 자식들이었다.

두 살이었던 영주의 배고파 우는 울음소리가 귓가에 들려오고 다섯 살이었던 내가, 오빠가, 언니들의 모습이 눈앞에 어른거려 잠 못 이룰 때면 주먹으로 거친 콘크리트 벽을 쳤다.

그리고 콘크리트 바닥을 긁었다.

그럴 때면 두 주먹에, 양쪽 손끝에 피가 흘렀다.

달빛 비쳐드는 감방에서 작은 쇠창살을 두 손으로 움켜쥐고 입술을 깨물던 엄마였다.

그렇게 봄이 가고 또 봄이 가고 가을이 오고 겨울이 왔었다.

엄마는 그 지나간 나날들의 고통을, 울분을, 분노를 생각하며 꿋꿋이 흰 눈을 맞으며 서 있으리라.

드디어 배가 방파제 너머로 또렷이 보인다.

돛대가 부러져 나갔고 조타실과 선실의 창틀은 모두 깨지고 부서지고 떨어져 나갔다.

고른 디젤기관의 동음 소리도 작게 들려온다.

방파제에 선 인파들은 숨을 죽이고 지켜보는데 누군가 "56호다. 침몰됐다더니 돌아온다." 하고 외친다.

자세히 보니 정말로 선수 양쪽 옆면에 『갈매기 56호』라고 하얀 글씨로 크게 쓰여 있다.

침몰이 됐다던, 침몰된 줄로만 알았던 56호의 가족들은 울음을 뚝 그치고 살아 돌아오는 줄로만 알았던 57호 가족들이 다시 울기 시작한다.

무전수가 당황하고 급한 나머지 『57호 침몰』 하고 친다는 것이 『56호 침몰』이라고 전건을 두드린 것이다.

"엄마. 언니가 살아 있어. 죽지 않았어. 저것 봐. 분명히 갈매기 56호라고 쓰여 있잖아. 엄마. 왜 아무 말 없어. 언니 배란 말이야."

두 언니들은 발을 동동 구르며 좋아라! 엄마한테 매달리며 환성인데 난 사람들의 틈을 헤집고 맨 앞으로 나아가 좀 더 가까이에서 배를 바라보는데, 맞다.

갈매기 56호다.

정말로 언니가 살아 돌아오는 것이다.

죽었다던, 침몰됐다던 언니가 살아 있다.

두꺼운 닻줄이 방파제에 던져지고 배가 정박한 다음 선장과 기관장, 선원들이 지친 몸으로 하나, 둘⋯ 육지로 내린다.

조타실이며, 선실이며 선수, 선미 쪽에도 두껍게 얼음이 얼어붙은 배는 만신창이다.

"엄마, 언니는 왜 안 보일까?" 하는데 저편에 언니 모습이 보인다.

엄마는 허둥대며 사람들을 비집고 앞쪽으로 나아간다.

휘청휘청 서인석의 부축을 받으며 배에서 내리는 언니를 엄마는 "금주야!" 하며 와락 부둥켜안았다.

물에 젖은 머리가 반듯한 이마 쪽으로 흘러내려 한쪽 눈을 가렸고 창백한 얼굴은 투명하다 못해 소름이 돋는데 한쪽 팔엔 붕대가 감겨졌고 하얀 붕대에 빨간 피가 배어났다.

발목까지 내려오는 서인석의 두툼한 곤색 점퍼를 걸쳤는데 앞섶으로 보이는 속옷은 모두 흠뻑 젖어 있다.

엄마는 다시 한번 "금주야" 하고 다급히 부른다.

언니는 동공이 탁 풀렸고 초점을 잃고 멍하니 한곳을 바라보고 섰다.

그 무슨 섬뜩한 예감이 들었던지 엄마는 침착하게 마음을 가라앉히려는 듯 평온을 되찾으며

"금주야! 엄마를 봐. 엄마가 보여?" 한다.

그런데도 언니는 무섭도록 냉정한 얼굴로 엄마와 눈을 맞추려 하

지 않고 뚫어져라 어딘가를 응시한다.

"금주야, 금주야. 정신 차려. 괜찮아졌어. 엄마가 있지 않아? 여기 은주도 있고 옥주도 있어."

엄마는 언니의 양쪽 어깨를 잡고 마구 흔들었다.

엄마의 애타는 부름에 온몸을 맥없이 휘청이던 언니가 서서히 머리를 쳐들더니 공중에 유유히 날고 있는 갈매기를 손가락으로 가리킨다.

그러더니 "하하하…" 하고 웃음을 터뜨린다.

"하하하, 하하하……"

더럭 겁이 난 엄마는

"금주야, 정신 차려. 엄마가 여기 있어. 엄마가 보여?" 하는데 언니는 서서히 엄마 쪽으로 머리를 돌리더니 무섭게 엄마를 쏘아본다.

그러더니 엄마를 힘껏 밀친다.

그리곤 또다시 "하하하~ 하하하~" 먼 산을 바라보며 너털웃음이다.

"미쳤어, 미쳤어. 정신이 돌았다구. 금주가 혼이 나갔어." 누군가 소리친다.

"여, 운전수. 빨리 시동을 걸어. 49호 병원(정신병원)으로. 빨리" 당비서가 소리쳤다.

갈매기 57호 가족들도 울음을 뚝~ 그치고 금주 주위에 모여들었다. "하하하, 하하하…"

"언니. 정신 차려. 나야. 은주야. 언니……"

그렇게 해서 날이 저무는데 금주 언니는 병원으로 실려갔다.

3장
생의 추억

온 나라가 한 편의 영화로 시끄럽다.

노동 신문과 함북 일보 지면에는 새로 나온 예술영화『월미도』이런 기사가 큼지막하게 일면을 차지하고 있다.

매일과 같이 방송에서는 격한 음성이 울려 퍼진다.

남자 방송원이 외친다.

『조국은 잊지 않을 것입니다.

피 끓는 청춘을 바쳐 월미도를 끝까지 사수한 이 태훈 중대장과 병사들의 위훈을 영원히 기억할 것입니다.』

여자 방송원의 감정을 담아 외치는 낭랑한 목소리가 들려온다.

『월미도의 영옥이가 태어난 고향도 해당화 붉게 피는 백사장 기슭, 내가 태어난 고향도 해당화 붉게 피는 백사장 기슭. 영옥이의 나이도

19살 꽃 피는 청춘, 내 나이도 19살 꽃 피는 청춘. 영옥이가 부른 노래도 조국에 대한 노래, 내가 부른 노래도 조국에 대한 노래. 아, 노래가 들려온다.

월미도의 영옥이가 부르는 『나는 알았네.』의 노랫소리가 들려온다.』

봄이면 사과꽃이 하얗게 피어나고
가을엔 황금이삭 물결치는 곳
아 내 고향 푸른들 한 줌의 흙이
목숨보다 귀중한 줄 나는 알았네.

연이어 영화 주제가 노랫소리가 숭엄하게 가슴을 적신다.

전당, 전국, 전민은 아침 독보 시간이면 노동 신문에 실린 전투적인 사설을 소리높이 읽으며 두 주먹을 불끈 쥐고 충성의 결의를 다진다.

그리고 영화 감상을 하고 실효 투쟁을 벌인다.

감상에 젖어 눈물을 흘리며 영화를 보고 난 꿈 많은 청춘들은 연단으로 뛰어나가 결의를 다진다.

『저도 사회주의 건설의 어려운 전투장으로 달려 나가 조국을 위하여 한 목숨 바친 이 태훈 중대장처럼 충성의 위훈을 세우겠습니다.』

이쪽 자리에서 벌떡 일어선 젊은이는

"저는 어렵고 힘든 탄광으로 달려가겠습니다." 한다.

저쪽 자리에서 벌떡 일어선 젊은이는

"전 농촌으로 달려가겠습니다. 그리하여 한평생 흙과 함께 살면서 당을 받들겠습니다." 한다.

또다시 확성기에서 울려 퍼진다.

『온 나라 청춘들이 떨쳐나섰습니다.

말로써가 아니라 실천으로 우리 당을 받들자며 일어섰습니다.

탄광으로, 광산으로, 농촌으로 달려갑니다.

얼마나 자랑스럽습니까? 월미도 용사들처럼 꽃다운 청춘을 조국에 바치자며 일어섰습니다.』

그다음 전투적이고 힘찬 노랫소리가 울려 퍼진다.

중학교 졸업반인 은주 언니네 학급도 집단적으로 농촌으로 진출하자며 결의하고 나섰다.

그리하여 은주 언니는 학급 아이들과 함께 고개 너머 협동농장으로 배치받았다.

혹독한 겨울이 가고 봄이 왔을 때 금주 언니는 건강이 좋아져 퇴원하였다.

어느 날 협동농장 관리위원장이 집으로 찾아왔다.

"일을 해야 해요. 뭐니 뭐니 해도 노동이 제일 좋은 치료법이에요.

그냥 모판에서 참새를 쫓으면 돼요. 공수(하루 일한 보수)는 줄 거예요.

하루 0,7 공수씩이요. 일을 하면 성취감이라는 게 생겨요.

집에만 가만히 있는 것보다는 훨씬 나을 거예요.

일을 하면서 조금씩 좋아지면 농장 예술소조에도 망라시키지요.

무대에서 노래를 부를 수 있게 말입니다.

그러면 농장원들 모두가 너무나 좋아할 거예요.

다들 금주 노래를 듣고 싶어 하니까요. 너무 아깝지 않나요.

얼마나 고와요. 무용이며, 화술이며, 노래며, 또 얼마나 잘하게요.

저도 힘껏 도울 거예요. 온 농장이 금주가 하루빨리 회복되기만을 기다려요."

관리 위원장의 말이다.

관리 위원장은 은주네 담임 선생님이었다.

담임을 맡았던 학급 아이들이 모두 결의하고 농촌으로 자진했는데 제자들 혼자 농장으로 보내는 것이 양심에 허락지 않는다며 교직을 내놓고 아이들과 함께 농장으로 달려 나갔다.

아이가 둘씩이나 딸린 몸으로 말이다.

그리하여 신문 기사에도 크게 났고 방송, 텔레비전에도 소개되었고 봄부터 충성심을 인정받아 관리 위원장이 되었다.

관리 위원장의 말이 계속 이어진다.

"금주 어머니 생각은 어떠세요? 동의하시는 거지요."

그리하여 금주 언니는 그 봄에 아침 일찍부터 장화를 신고 농장으로 나갔다.

화창한 봄볕에 우~ 우~ 하고 두 팔을 내저으며 냉상 모판에 앉은 참새 떼를 쫓을 때면 논두렁길로 지나가던 농장원들이 "금주~" 하고 손을 흔들었다.

그러면 금주 언니는 마주 보고 활짝 웃으며 "우~ 우~" 하고 소리치며 반기었다.

은주가 속해있는 청년분조원들이 삽과 괭이를 들고 한 무리 지나가며 "금주 언니~" 하고 손을 흔든다.

그러면서 배를 잡고 깔깔거린다.

파란 하늘 높이 종달새 한 마리가 날갯짓을 하고 이따금 논두렁 밑에서 꾸르륵~ 하고 개구리가 울고 파랗게 돋아나는 냉상 모판 가장자리 풀밭에서 풀벌레들이 찌르륵~ 찌르륵~ 운다.

태양빛이 따스한데 봄바람이 가볍게 불고 아지랑이가 곱게도 피어난다.

이 산에서 뻐꾹~ 하더니 저 산에서도 뻐꾹~ 한다.

그다음 짝을 지어서 뻑뻑꾹~ 한다.

산허리 비탈 밭이며 저 멀리 보이는 다락논 여기저기에 흩어져 일하는지 농장원들의 모습은 보이지 않는다.

어른들은 일터로 나가고 아이들은 학교로 가고, 마을엔 말 못 하는 집짐승들밖에 없다.

그러니 한없이 고요하다.

높다란 느티나무 위에 매달린 확성기에선 유명 가수의 노래가 울려 나온다.

뻐꾹새가 노래하는 곳 사랑하는 내 고향일세.
노동으로 행복을 열고 노동으로 꽃이 피는 곳
아 언제나 좋은 곳일세 아 내 고향 어머니품아.

노랫소리를 들으며 젊은 군관이 한가로이 논둑길을 거닌다.
한쪽 손엔 회초리가 쥐어져 있고 바른 손으론 풀을 뜯어 입에 물고 잘끈잘끈 씹는다.
그리 크지 않은 키에 딱 바라진 어깨다.
하얀 동그스름한 얼굴에 멀리서 보니 씩씩하고 다부진 체격이다.
마을 어귀엔 해안경비중대가 있는데 해안에서 야간 잠복근무를 선 병사들은 병실에서 곤히 잠들고 보초병은 보초를 서고 군사대학을 졸업하고 새로 부임돼온 젊은 중대장은 마을 구경을 할 겸 혼자 바람 쐬러 나온 것이다.
그러다 여기저기 마을 길과 실개천과 논둑길을 걸어 금주가 새를 쫓는 냉상 모판 가까이까지 온 것이다.
한 무리의 참새 떼가 파르륵~ 날아 냉상 모판에 앉는다.
모판 가장자리엔 밀짚모자를 쓰고 팔을 휘젓는 허수아비가 서있건만 새들은 아는 듯하다.

조금 둔덕진 경사면에는 아름드리 느티나무 두 그루가 서있다.

그늘을 드리운 밑에 쪼그리고 앉아 풀꽃을 뜯던 처녀가 한달음에 달려오더니 우~ 우~ 소리치고 두 팔을 내저으며 새를 쫓는다.

놀란 참새들이 와르르~ 소리 내며 날아오른다.

이 철준은 신기했다.

멀리 보이는 처녀는 하얀 클로버꽃들로 엮은 꽃띠를 머리에 둘렀고 양쪽 팔목에도 꽃찌를 꼈다.

한쪽 귀밑머리 위에 연분홍 진달래를 꽂았는데 한 손엔 한 다발의 진분홍 진달래꽃을 들고 있다.

그 꽃다발을 휘두르며 새를 쫓는 것이다.

날씬한 몸매에 동그스름한 하얀 얼굴, 자세히 보니 양태머리를 딴 것 같다.

이 철준은 좀 더 가까이 다가가보고 싶었다.

그리하여 천천히 걷던 논둑길을 오른쪽으로 꺾어들어 조금 더 빠르게 걸었다.

처녀는 그때까지도 낯선 군인을 보지 못한 듯하다.

걸음걸이에 놀란 개구리가 풀쩍 뛰어내리고 찌르륵~ 찌르륵~ 울던 풀벌레들도 조용해진다.

멀리 동산에서 뻐꾹새가 또다시 뻐꾹~ 한다.

그다음 메아리로 들려온다.

처녀는 냉상 모판 사잇길로 사뿐사뿐 걸으며 노래를 부른다.

그런데 작게 들려오는 그 노랫소리가 정말 아름답다.

꾀꼬리 같은 목소리다.

드디어 처녀의 모습이 한눈에 들어온다.

파란 장화를 신은 위로 곱게 뻗은 하얀 종아리,

사슴처럼 시원스레 빠진 가는 목선과 이목구비가 반듯한 동그스름한 작은 얼굴, 숙였던 머리를 약간 쳐드는데 오똑한 코에 큰 눈망울에 눈꼬리가 길다.

이 철준은 좁은 논둑길에서 그만 휘청하다 한쪽 발이 논두렁 밑으로 빠지고 말았다.

철써덕~ 나는 소리에 처녀가 얼굴을 들어 바라본다.

두 사람의 눈이 마주치는 순간,

처녀는 몸을 휙 돌리더니 아름드리 느티나무 쪽으로 달린다.

그다음 나무 뒤에 몸을 숨긴다.

이 철준은 한참 그 자리에 멍하니 서있다.

나무 뒤에 몸을 숨긴 처녀는 빠끔히 머리를 내밀더니 이 철준을 바라본다.

그리고는 또다시 숨는다.

"야! 곱네." 이 철준은 자기도 모르게 중얼거렸다.

처녀가 또다시 아름드리 느티나무 뒤에서 숨겼던 머리를 빠끔히 내민다.

그러더니 화들짝 놀라며 작은 머리를 디민다.

한참 서있던 이 철준은 터벅터벅 걸어 중대로 돌아왔다.

취사실에 들어서서 냉수 한 그릇 넘치게 떠 벌컥벌컥 마신 다음, 취사병에게

"냉상 모판 새 쫓는 처녀 말이야." 하고 물었다.

"음, 금주. 새쓰개(정신병)예요."

취사병이 하는 소리다.

그날 이 철준은 금주에 대하여 자세히 알게 되었다.

농장 처녀들은 군사대학을 졸업하고 새로 부임돼 온 젊고 씩씩하고 잘생긴 경비중대 중대장의 이야기로 애간장을 끓인다.

"애, 선화야. 이 철준 중대장 말이야. 근데 몇 살이래?

24살? 25살? 정말 잘생겼지 않니?

『조선의 별』 영화에 나오는 김혁이 같지 않아?

맞아. 정말 그렇네. 김혁이 같아."

청년분조원들이 재잘거리며 무리 지어 마을 길을 걸어 작업장으로 향한다.

그런데 그렇게도 마음속으로 흠모하는 중대장이 마주 걸어오고 있다.

마주치며 중대장은 큰소리로 인사한다.

"농장 처녀 동무들. 수고 많으십니다."

어떤 처녀들은 마주 쳐다보며

"중대장 동지. 안녕하세요." 하고 인사하고 어떤 처녀들은 얼굴을 붉히며 울렁이는 가슴을 안고 옆 동무 등 뒤로 숨는다.

무리 속에서 은주를 알아본 중대장은 눈을 크게 뜨고 활짝 웃으며 "은주, 더 예뻐졌네." 한다.

그러니 은주는 머리를 숙이고 좋아라 캐드득 웃는다.

중대장은 바지 주머니에서 빨간 사과 한 알을 꺼내더니 "은주야. 언니한테 줘." 하고 내민다.

처녀들은 두 눈을 동그랗게 뜨고 부러운 듯 바라본다.

전에 있던 중대장은 나이가 좀 많았는데 훤칠한 키에 얼굴에는 구렛나룻이 덥수룩하고, 그리하여 중대 병사들과 마을 사람들은 털보 중대장이라고 불렀다.

털보 중대장이 처벌받고 해임된 것은 해변 마을에서 한밤중에 일어난 사건 때문이었다.

옛날 옛적 호랑이가 살았을 때 우리 마을에 처음으로 정착한 사람은 이씨네였고 그다음 권씨네. 그다음 김씨네였다.

오랜 세월 동안 살아오면서 이씨네 후손이 권씨네 자손과 짝을 맺었고 또 김씨네 자손이 이씨네 후손과 짝을 맺었다.

그리하여 그들이 번성하여 마을엔 이씨네, 김씨네, 권씨네가 많았고 모두가 사돈지간이었다.

마을 길에서 서로가 만나기만 하면

"아아구, 사돈. 잘 있었소?"

"어메메, 사돈님. 건강하셨나요?" 인사였다.

어느 날 떠돌이 풍수쟁이가 이 마을에 나타났는데 쪽배를 노 저어 섬 쪽으로 나가 마을을 들여다보며 이렇게 말했다.

"참 경치 좋고 살기 좋은 곳이라네.

그러나 마을 한가운데로 콧대처럼 바다 쪽으로 삐죽 나와 있는 저 돌출부 야산이 저렇게 생겼기에 이 마을 사람들은 화목하지 못하고 서로가 물고 뜯고 한다이…" 하였다.

정말 그랬다.

해방 전 이 마을로 백두산에서 싸운다는 항일빨치산 공작원 몇 명이 지나가게 되었는데 그들은 아름드리 황철나무 밑으로 솟아나는 맑은 샘물을 떠 마셨다.

샘물가에서 물동이에 샘물을 퍼 담던 이씨네 할머니는 그들에게 맑은 물을 떠주었고 식사를 대접하며 하룻밤 재워 보냈다.

그들은 이씨네 집에서 하룻밤을 머물다 떠났는데 불타산을 넘어 백두산 쪽으로 향하며 아름드리 소나무에

『조선독립만세!』『일제를 타도하자!』라는 구호를 새겼다.

그리하여 이씨네 가문은 빨치산을 도운 애국열사 가문이 되었고

후손들은 대대로 출세를 하였다.

그들 후손들이 가계표(출신성분)를 쓸 때면 애국열사라고 썼다.

전쟁이 시작되고 인민군이 낙동강까지 나갔다가 인천상륙작전으로 인하여 다시 후퇴할 때 이 마을에 국군이 배를 타고 상륙했다.

그때 권씨네 할머니는 태극기를 들고 그들을 환영했다.

그리고 밥을 해먹이고 하룻밤 재워 보냈는데 불타산을 넘어 백두산 쪽으로 북진하는 국군을 따라 권씨네 아들도 따라갔다.

그리하여 권씨네는 나라를 배반한 반역자 가문이 되었고 후손들이 가계표(출신성분)를 쓸 때면 계급투쟁 대상이라고 써야 했으며 대대로 농장원으로, 노동자로 일하게 되었다.

훗날 권씨네는 이렇게 말했다.

"거짓말이야. 빨찌산에게 물만 떠주었고 딱 하룻밤 머물다 갔어. 그런데 한 달 동안 돌봐줬다고 해. 새빨간 거짓말이야."

훗날 이씨네는 이렇게 말했다.

"마을 사람들에게 선동했어. 태극기를 들고 환영하자면서. 그 집 아들놈이 국군을 따라 남으로 나갔지. 그들은 반역자 가족이야."

달빛이 하얗게 내리는 밤이었다.

권영감은 잠이 오지 않았다.

이리 뒤척 저리 뒤척 하다 자리에 일어나 앉아 담배를 부스럭부스럭 말아 피운다.

그러더니 일어나 갑바웃(물질할 때 입는 방수복)을 들춰 입고 밖으로 나간다.

"아니, 영감. 어디를 가우. 이 밤중에?"

대답이 없다.

"저 영감이 미쳤나?"

그러다 다시 잠을 청하는 할매다.

물역으로 내려간 권영감은 도래굽이에서 달빛이 비쳐 내리는 잔잔한 바닷물 속에 발을 담그고 성게를 줍는다.

어찌나 꽉 찬 달빛이 하얀지 물밑 조갑지들도 파랗게 보인다.

이때 해안가 잠복초 음폐부에 엎드려 끄덕끄덕 졸며 잠복근무를 서던 신병이 게슴츠레 눈을 떴다.

그런데 자세히 보니 하얀 달빛 속에 머구리 간첩이 해안가로 기어오른다.

신병은 땅~ 하고 방아쇠를 당겼다.

땅~ 땅~ 조용한 바닷가 마을 해변에 총성이 울린다.

권영감은 푹 쓰러졌다.

동시에 "간첩 잡았다." 하고 소리치는 병사다.

그 책임을 지고 털보 중대장이 철직되고 새로운 젊은 중대장이 부임돼 온 것이다.

엄마는 이면수 죽을 끓이고 맛있는 명태머리 순대를 하였다.

"에이그. 철주가 있으면 얼마나 맛있게 먹겠니?"

오빠는 명태 머리 순대를 좋아하기 때문이다.

우리들은 맛있게 먹고 수저를 들면서도 엄마는 오빠 생각에 목이 메는지 계속 이야기하신다.

"객지에서 밥이나 제대로 얻어먹는지? 옥주야. 오빠한테 편지를 썼니?"

엄마 말을 들었는지 먹었는지 옥주 언니는 양손으로 명태머리 순대를 들고 뼈까지 쪽쪽 빨아먹느라 여념이 없다.

"이년아. 들었느냐 먹었느냐. 편지를 썼냐 말이다."

"아직 못 썼어. 낼 쓸 기야."

엄마는 못마땅한 시선으로 한참 옥주 언니를 바라보더니

"그렇게도 애미 말을 듣지 않으니 원,

오빠 편지가 온 지 언젠데 아직 회답 편지 안 한단 말이냐.

얼마나 기다리고 있겠어? 어떻게 된 건지 우리 집 딸년들은

이렇게도 하나같이 말을 듣지 않으니, 원.

인정머리 없다니까. 당장 오늘 밤에 쓰거라. 알겠냐." 한 다음

"올겨울엔 어떻게 하나 단복(추리닝)을 사서 보내줘야겠어." 하신다.

영주가 자기 것을 다 먹고 내 죽 그릇을 들여다 본 다음 엄마 얼굴을 쳐다볼 때 정전이 되었다.

방 안을 희끄무레하게 비추던 전등이 꺼지니 엄마 얼굴도, 옥주 언니 얼굴도 영주도 보이지 않는다.

둥그런 밥상 가운데 놓인 명태 깍두기 그릇도 보이지 않는다.

먹물을 뿌려놓은 것처럼 온통 사방이 캄캄하다.

정전이 되니 개들이 컹~ 컹~ 짖는다.

"성냥이 어디 있냐? 등잔을 켜거라." 엄마 목소리다.

"에이, 맨날 정전이야. 짜증 나. 꼭 밥 먹는 시간이면 정전시키냐?"

옥주 언니가 벌떡 일어나 부뚜막에서 성냥을 찾아 등잔에 불을 붙이며 투덜거린다.

그런 다음 "어머, 어떻게 해. 8시 보도(뉴스) 끝나고 소련 영화 하는데. 오늘 토요일이지 않아? 『의지가 강한 사람들』이란 정탐 영화인데 젊은 남자 주인공이 키가 훤칠하고 머리와 눈이 갈색인데 그렇게 잘 생기고 멋있대. 히틀러를 암살하려다 실패하는 영화" 한다.

등잔불을 돋워 놓고 부엌켠에서 설거지를 하던 옥주 언니가

"영주야. 몇 시인가 봐라." 할 때

방안에 환하게 불이 켜졌다.

영주가

"야, 불이 왔다. 언니야. 빨리 텔레비전 보러 가자. 옥이네 집에 사람이 꽉 차서 앉을 자리 없으면 어떻게 하겠니?" 한다.

우리 마을에는 옥이네 집에만 히다찌라는 텔레비전이 있다

옥이 아빠는 공장에서 천리마 기수로 소문이 자자한데, 평양에서 열리는 혁신자대회에 참가하여 텔레비전을 선물로 받았었다.

어쩌다 재미있는 외국영화를 하는 저녁시간이면 옥주네 집은 텔레

비전 구경을 온 동네 사람들로 콩나물시루 같다.

어른이고, 아이고 부엌 마루까지 꽉 찬다.

조무래기들은 저녁을 먹자마자 쪼르르 옥이네 집으로 달려가

"옥이 어머니. 텔레비전 좀 봅시다." 한다.

그러면 집 안에서

"얘들아. 조금 있다 오면 안 되겠니? 우린 아직 저녁도 못 먹었다." 한다.

그러면 아이들은

"밖에서 기다리겠습니다." 한다.

부랴부랴 설서지를 끝낸 옥주 언니가

"성주야. 넌 금주 언니하고 집에 있어. 동무해 주면서. 숙제도 해야 되잖아." 할 때, 나도 따라가고 싶어 눈을 동그랗게 뜨고 언니를 빤히 쳐다볼 때 앵~ 하고 사이렌 소리가 길게 들려온다.

동시에 스피커에서

『공습경보입니다. 공습경보입니다.

지금 12대의 적 비행기가 남쪽 방향으로부터 날아오고 있습니다.

거듭 말씀드립니다. 거듭 말씀드립니다. 공습경보입니다. 공습경보입니다.』한다.

땡~ 땡~ 땡~ 마을 공터, 황철나무에 매달린 무쇠 종이 밤공기를 가르며 요란스레 울린다.

"순희네, 불빛 보이오. 순희 엄마!" 어두운 밖에서 인민반장이 소리

친다.

"옥주야. 빨리 작은 창문에도 담요를 치고 전등갓을 내리거라." 엄마의 성급한 목소리다.

조금 있다가

"금주야. 불빛 보인다." 밖에서 문을 두드리며 소리친다.

엄마는 아예 전등을 꺼버린다.

그러니 또다시 집 안이 캄캄하다.

한참 지나

"엄마. 이젠 불 켤까?" 할 때

앵~ 하고 해제 음이 울린다.

옥주 언니와 영주는 텔레비전 보러 가고 난 희끄무레한 전등을 낮춰놓고 작은 밥상에 마주 앉아 숙제를 하는데

"금주 엄마 있소?" 하며 부엌문으로 들어서는 순희 엄마다.

"날래 들오우. 저녁은 들었수?"

반기는 엄마다.

"배급 날이 아직 3일이나 남았는데 쌀이 미내 한 알도 없이 똑 떨어졌수꾸마. 저녁 한 끼는 죽으로 때워두 그 배급으론 어림두 없수꾸마. 군량미를 비축한다며 보름 배급에서 이틀분이나 떼 내니 어떻게 살겠음매. 기차지비. 후~"

길게 한숨을 내쉬는 순희 엄마다.

그러면서

"입쌀 다섯 되만 꿔주오." 한다.

"다섯 되면 되겠수?" 하며 엄마는 양손으로 무릎을 짚고 힘겹게 일어선다.

금주 언니는 윗목에 다소곳이 머리 숙이고 앉아 반짇고리에서 빨간 천 조각을 꺼내들고 가위로 싹뚝~ 싹뚝~ 자르며 무슨 생각에 잠겼는지 생글생글 웃고 있다.

그러다가도 머리를 살짝 쳐들고 멍하니 어두운 창밖을 하염없이 바라본다.

다시 머리를 숙이고 이번엔 노란 천 조각을 집어 들고 사르륵~ 사르륵~ 잘게 자른다.

엄마는 쌀 함박에 하얀 입쌀을 고봉으로 담아가지고 순희 엄마 앞에 꿇어앉으며

"아이고, 내 다리야. 이렇게 다리가 아파 어쩔꼬." 한다.

그런 다음 두 다리를 쭉 펴더니 양손으로 아픈 무릎을 꼭꼭 주무르며

"이게 다 쟤들을 낳고 산후바람을 맞아 그렇지비. 해산한 다음 날 찬물에 빨래를 하고 얼굴이 뚱뚱 붙겨가지고 부엌일을 하고 뜨개질을 했으니. 싸지 싸." 한다.

엄마는 됫박에 쌀을 퍼 담고 순희 엄마는 금주 언니를 측은한 눈길로 바라본다.

불빛이 다소곳이 머리를 숙인 금주 언니의 아련한 얼굴을 비춰준다.

"아까워서 어쩔까? 인물이 아까워서." 순희 엄마는 작게 되뇐다.

"다 내 탓이요. 내가 저 애를 저렇게 만들었소. 무엇 때문에 시퍼런 바다로 내 보냈겠소. 내가 미친년이지. 내가 박복한 년이요.

일찍이 애 아빠를 그렇게 보내고 산불을 내 감옥에 가고 거기다 저 애까지…."

엄마는 더 말을 잇지 못하고 눈물을 흘린다.

엄마의 흐느낌 소리가 길어지고 작은 됫박에 올리고 또 올리는 하얀 쌀은 흘러내리고 또 흘러내리는데 순희 엄마도 옷고름으로 눈물을 찍으며

"이젠 그만하오. 어쩌겠소. 다 제 팔자지. 팔자거니 생각하오. 사느라면 좋은 날도 오겠지비." 한다.

그러면서 며칠 전 했던 말을 또다시 꺼낸다.

"내 말대로 한번 해 보라니깐 그러오. 왜 사람 말을 그렇게 듣질 않소. 백발백중 알아맞힌다지비. 육돌이네 큰아들을 봅지. 딱 짚어냈다질 않소. 아니, 달래 구역당 간부도 찾아갔겠소. 그렇게 용하니 갔겠지비."

순희 엄마의 이야기는 점을 보라는 것이다.

순희 엄마가 말한 육돌이네 큰아들 얘기는 일리가 있는 말이다.

육돌이네 큰아들 광일이가 제대돼 왔을 땐 봄이었다.

10년간의 군복무를 마치고 제대배낭을 푼 광일이는 엄마에게 이렇게 말했다.

"결혼할 거요. 부대 인근 마을 처녀요. 결혼을 약속했고 이미 속 잔

치까지 했소."

그런데 부모가 완강하게 반대했다.

"남쪽 여자는 안 된다. 생활력이 없고 게을러터졌거든.

너를 10년이나 기다린 봉숙이는 어떻게 하고. 넌 죽으나 사나 봉숙이 하고 짝을 맺어야 해."

광일이 엄마가 아들에게

"남쪽 여자는 안 된다." 하고 한 말에는 일리가 있다.

『남남북녀』라는 말이 있듯이 북쪽 여인들은 예로부터 인물이 곱고 살결이 희며 강인하고 생활력이 강하고 무엇보다 마음씨가 비단 같다.

그래서인지 나라를 통치하는 세 지도자의 여인들 모두 내가 사는 북변 땅 여인들이다.

세 지도자의 뒤를 이어 평양의 당 간부 자식들도, 평범한 총각들도 평양의 여자는 보지도 않고 우아하고 청순한 북쪽 여자들을 아내로 맞았다.

그러니 평양엔 수많은 노처녀들이 생겨났고 어느 날 갑자기 지도자는 평양 총각은 평양 여자와 결혼해야 한다.

만약 북쪽 여자와 결혼하면 처녀를 따라 지방에 내려가야 한다.

이런 지시를 내렸고 이런 규칙을 만들어 놨다.

부대 인근 남쪽 여자와 결혼하겠다는 아들의 고집을 반대하는 또 다른 이유는 북쪽 풍습은 시집올 때 이불이며 가재도구는 모두 여자 쪽에서 해 오지만 남쪽 풍습은 그렇지 않고 반반인 것이다.

남자 쪽에서도 여자 쪽처럼 이불과 가재도구들을 준비해야 하기 때문이다.

그리하여 광일이는 그해 봄 봉숙이와 결혼식을 올렸다.

결혼식을 올린 여름이었다.

"아이고, 내 다리야. 잘라줘. 제발 내 다리를 잘라달란 말이야. 이년아. 난 이렇게 고통스러워하는데 네년은 코를 골며 잠을 자? 아이고, 내 죽겠다."

광일이의 진단은 특발성 괴저였다.

특발성 괴저란 발가락에서부터 심한 통증이 시작되며 발이 점차적으로 썩어 들어가는 병이다.

흔히 남자들에게만 발병하는 흔치 않은 병인데 다리에 동상을 입으면 생긴다.

이 병은 다리를 절단해야만 하는데 예전에는 무조건 한쪽 다리를 절단했다.

절단하지 않으면 핏속에 들어 있는 치명적인 병균이 온몸을 돌며 심장까지 서서히 올라오는 것이다.

흔히 이 진단을 받은 환자들은 침대에 온몸을 꽁꽁 묶어 놓는다.

참을 수 없을 만큼 강한 통증에 환자가 온밤 발광하기 때문이다.

한쪽 다리를 절단하면 되지만 어느 해엔가 다리를 절단하지 말라는 지시가 내려졌다.

그리하여 전국의 병원들에서는 어쩔 수 없이 환자를 방치해두고 퇴원시키는 것이다.

세계적으로 원인을 모르는 불치병이기에 그렇단다.

밤은 깊어 가는데

"아이고, 내 다리야. 제발 날 죽여줘. 죽여 달란 말이야" 하고 악을 쓰는, 고통스러움에 몸부림치는 신랑을 남겨두고 아내는 한 가닥 희망이라도 찾을 듯 백발백중 짚어낸다는,

점쟁이한테 점을 보러 갔다.

허리가 꼿꼿하고 머리가 백발인 점쟁이 노파는 한참 두 눈을 감고 궁시렁 궁시렁 대더니

"동남쪽이라. 동남쪽에서 불어오는 심상치 않는, 스잔한 바람이라." 하고 주문을 외운다.

점을 보고 집에 들어선 아내는 고통 속에 몸부림치는 신랑에게

"동남쪽이라. 동남쪽에서 불어오는 잡귀신이 당신 다리를 갉아먹고…" 하는데

환자는 두 눈을 꼭 감고 한참 생각하더니 주르르~ 눈가로 눈물을 흘리며 작게 머리를 끄덕인다.

광일이는 철령 너머 최전방 부대에서 근무했다.

강원도 신고산에서 오르며 80리, 회양으로 내리며 180리. 유명한 철령. 철령 너머 심심오지에서 나서 자란 처녀들은 하나같이 『철령을 넘자!』 이런 구호를 들고 제대 군인들을 하나 낚아채 도회지로 나가는 것이 소원이다.

제대를 앞둔 광일이는 마음씨 착한 인근 농장 처녀와 사랑을 약속했다.

이제 제대되면 꼭 데리러 오겠노라 하였다.

그런데 배가 불러올수록 데리러 온다던 사람은 감감무소식이다.

처녀는 아침 일찍 까치가 깍~ 깍~ 거릴 때마다 오늘은 소식이 있을까? 고대하는데, 어느 날 한 장의 편지가 날아들었다.

날 잊어달라고, 미안하다고, 부모님이 점 찍어둔 고향 처녀와 백년가약을 맺고 결혼한다는 내용이었다.

며칠 후 처녀는 목매 죽었다. 한 많은 꽃다운 나이로 그렇게 갔다.

『동남쪽에서 불어오는 심상찮은 바람이라.』

순희 엄마의 말대로 엄마는 금주 언니를 데리고 한 가닥 희망이라도 찾을 듯, 옥련골에 산다는 점쟁이 노파를 찾아갔다.

두 눈을 꼭 감고 주절주절 주문을 외우던 점쟁이는 이렇게 말한다.

"집안에 망령이 들었어. 그러니 되는 일이 없지. 조상묘를 잃어버렸어."

그 말을 듣고 엄마는 깜짝 놀라며 가슴이 서늘했다.

점쟁이 노파가 한 말은 사실인 것이다.

어느 해 여름. 군부대에서 이렇게 알려왔다.

『몇 월 며칠까지 묘를 이전할 것. 그 공동묘지는 위수 구역으로 지정되었음.』

그런데 하루하루 미루다 보니, 한 달, 두 달 미루다가 한식이 되어 조상에게 올릴 술병이며 진지며 떡이며 이고 지고 산언덕을 오르니 그 많던 묘지들은 온데간데없고 드문드문 이전하지 못한 몇 개의, 비석이 뽑혀서 나간 묘지들만 보인다.

이 묘지인 것 같기도 하고 저 묘지인 것 같기도 하다.

한참을 헤매다

"여기가 틀림없군. 바로 여기야. 묘소 옆에 작은 소나무가 있었지."

하고 중얼거리며 술을 부어 올리고 절을 한다.

그런데

"거 누구예요? 남의 산소에 절을 하는…" 하고

고래고래 소리를 지르고 팔을 휘저으며 산 아래켠으로부터 올라오는 몇몇 사람들이 보인다.

그리하여 큰아버지는 조상 묘를 잃어버렸고 해마다 한식이나 추석 때 산소를 찾지 못했다.

점쟁이 노파는 머리를 처박고 한참 주문을 외우더니 집 앞의 살구나무를 베어버리고 아빠가 사용하던 물건을 아무거나 찾아 굴뚝 밑에 묻으란다.

그런 다음 금주 언니의 손목을 잡고 맥을 보더니

"심장이 크게 놀랬어. 기가 죽고 혼이 빠져나갔지." 한 다음 까마귀 피를 먹으면 나아질 거라 한다.

점쟁이는 침통에서 기다란 침을 꺼내더니 다소곳이 머리를 숙이고 앞에 앉은 금주 언니의 머리를 사정없이 마구 찌른다.

그러자 금주 언니의 머리에서는 검붉은 피가 흘러내린다.

농장에서 일하는 은주 언니는 쉬는 날에만 집으로 온다.

은주 언니가 집으로 들어서는데 금주 언니는 머리에 반짇고리를 이고 하늘하늘 춤추듯이 방안을 빙빙 돈다.

그런데 가랑이 사이로 검붉은 피가 흘러내린다.

은주 언니는 신발도 벗지 않고 부엌켠에 서서 한참 바라보고 섰는데 수심이 가득 담긴 얼굴엔 깊은 슬픔이 담겨 있는 듯하다.

금주 언니의 무릎 아래로 내비친 한 가닥 붉은 피가 하얀 종아리로 계속해서 흘러내릴 때였다.

갑자기 은주 언니는 두 손으로 얼굴을 감싸더니 엉엉 소리 내어 운다.

어쩌나 슬프게 소리 내며 우는지 통곡소리에 가깝다.

점점 울음소리가 길어지는데 가마솥을 부시던 엄마는

"이년아, 울긴 왜 우는데. 그만 그치지 못하겠니?" 하며 버럭 소리를 지른다.

그러자 은주 언니는 더 크게 소리 내며 통곡한다.

엄마는 더 크게 소리 지른다.

"듣기 싫다. 그만 그치라니까. 애미 죽으면 그리 울지 않을 게다. 제 애비 죽었을 때 눈물 한 방울 흘리지 않던 독한 년이 울긴 왜 울어? 집안에 초상이라도 났나…" 한다.

엄마의 고함소리가 끝나기도 전에 은주 언니는 얼굴에서 두 손을 풀더니

"듣기 싫어. 언니를 49호 병원에 보내라고 했잖아." 하고 울부짖는데 얼굴은 온통 일그러지고 눈물, 콧물 범벅이다.

"이년아, 이 인정머리도 없는 천하에 독한 년아. 넌 네 언니가 불쌍하지도 않느냐?" 하고

엄마가 소리칠 때 은주 언니는 휙 돌아서더니 문을 박차고 뛰어나간다.

4장
생의 눈물

난 그때 흘렸던 눈물을 이렇게 써 나간다.
그 눈물은 눈물이 아니라 피눈물이었다.

학급 아이들과 함께 협동농장에 배치받은 은주는 청년분조에서 일
하게 되었다.

청년분조는 모두 새내기 청년들로 구성됐고 분조장도 같은 또래였다.

청년분조원들은 농장에서 지어준 가설 건물에서 군대식으로 집체
생활을 하였다. 그러다 보니 쉬는 날에만 집에 다녀올 수 있었다.

산비탈 계단식 논에 모내기가 끝나고 옥수수밭에 두 벌 김매기도
끝나니 풀베기 전투가 시작되었다.

『모두 다 풀베기 전투에로!』라는 구호가 이곳저곳에 나붙어 있고

청년분조원들은 저녁 늦게까지 풀을 베어 높이높이 쌓아갔다.

농장벌에 어둠이 내리니 개구리들의 합주가 시작되고 들판은 조용한데 은주는 땀 흘리며 풀을 베어 소달지구에 싣는다.

어두워지니 송아지가 달린 어미소가 빨리 가자며 음메~ 하고 우는데 은주는

"아직 오늘 맡은 과제를 다 못 끝냈단다. 조금만 기다려." 하며 어미소를 달랜다.

풀더미에 마지막 풀단을 부려놓고 소한테 메였던 달구지도 벗겨놓은 다음 석개울 뚝방길로 소고삐를 한 손에 쥐고 내려오는데 어미소 옆에서 송아지도 졸졸 따라 걷는다.

저 멀리 아래쪽으로 청년분조 숙소가 희미하게 보이는데 은주는 걸음을 멈추고 어미소를 뚝방길 가장자리 아카시아 나무에 매놓은 다음 물가로 내려섰다.

흐르는 맑은 물에 두 발을 담그니 한기가 스며들며 너무도 시원했다.

한참 그렇게 발을 담그고 섰던 은주는 땀에 젖은 옷을 하나하나 벗은 다음 물속에 몸을 담근다.

하루의 고단함과 피로가 말끔히 가시는 것 같고 머리가 시원하게 맑아지는 것 같았다.

시원한 맑은 물에 머리를 감고 평평한 빨랫돌 위에 올라서서 물기를 털어낸 은주는 옷을 입고 뚝방길에 올라섰다.

그런데 소가 보이지 않는다.

하늘엔 별이 총총하고 개구리들의 합주가 요란한데 은주는 이쪽저쪽을 뛰어다니고 옥수수밭에 들어가 보아도 소 그림자 하나 보이지 않는다.

한참 그렇게 찾아 헤매는데 양수장이 있는 수렁논 쪽에서 음메~ 하는 송아지 울음소리가 들린다.

은주는 송아지가 우는 쪽으로 정신없이 달려가니 어미소가 깊은 수렁에 빠져 꼼짝 못하고 바라보고 섰다.

큰일 났다 싶어 발을 동동 구르는데 수렁에 빠진 어미소가 나오겠다며 움찔움찔할수록 감탕 속에 더 깊이 빠져든다.

협동농장의 고정재산에 등록된 소를 죽이면 어떤 엄중한 처벌이 가해지는지, 일을 뼈 빠지게 해도 평생 입당도 못하고, 평생 꼬리표가 붙어 다닌다는 것을 잘 알고 있는 은주는

"거기 누가 없어요? 소가 수렁에 빠졌어요." 하고 소리소리 질렀지만 아무 소용없었고 청년분조 숙소와 농가들의 불빛은 아래쪽으로 아득히 멀게만 보인다.

조급해진 은주는 수렁에 두 발을 들여놓았다.

그런데 발이 떨어질 것 같이 시려드는데 단번에 허리께까지 빠져든다.

무섭고 황당한 은주는 그렇게 소와 함께 수렁에 빠져들며 또다시 있는 힘껏 외쳤다.

"소가 빠졌어요. 거기 누가 없어요?"

상촌의 다락밭 논물을 보는 칠성이는 삽을 둘러메고 바짓가랑이를 걷어 올린 채로 뚝방길을 걸어 중촌 쪽으로 내려오고 있는데 저 멀리서 이상한 소리가 들린다.

걸음을 멈추고 귀를 기울이니 개구리들의 요란한 울음소리에 뒤섞여 그 무슨 살려달라고 외치는 처녀의 목소리 같다.

칠성이는 뚝방길을 내려서서 양수장이 있는 오른쪽 논뚝길로 정신없이 달렸다.

별이 흐르는 캄캄한 하늘에선 조각달이 내려다보고 있는데 수렁에 빠져 허우적대는 소와 은주를 발견한 칠성이는 첨벙~ 하고 감탕 속에 뛰어들었다.

그리고 삽으로 힘차게 감탕을 퍼냈다.

"빨리요. 빨리, 한쪽 발을 들고. 그렇지. 나를 잡으세요."

칠성이는 가슴까지 치는 흙탕 속에서 와들와들 떨고 있는 은주를 그렇게 간신히 수렁 밖으로 끌어냈다.

그다음 숨 돌릴 틈도 없이 소를 압박하고 있는 감탕을 퍼냈다.

한 삽을 퍼내면 두 삽이 쏟아져 들어가고 두 삽을 퍼내면 세 삽이 메꿔진다.

칠성이는 죽을힘을 다해 감탕을 퍼내고 또 퍼냈다.

"이랴, 이랴. 빨리 고삐를 당겨요. 더~ 더~ 그렇지. 이랴."

칠성이가 삽으로 소 엉덩짝을 치며 소리치는데 감탕 속에서 반쯤 몸이 빠진 소가 움씰거린다.

"이랴. 코투리를 당겨요. 더 세게."

드디어 수렁 속에서 소가 빠져나왔다.

칠성이는 그 자리에 주저앉았다.

도란도란 소리 내며 흐르는 석개울에 소를 씻기고 칠성이는 개울물을 조금 거슬러 올라가 씻고 은주는 조금 아래쪽에서 씻은 다음 하얗게 감자꽃이 핀 가장자리에 우등불을 피워놓고 마주 앉아 옷을 말린다.

은주는 목이 꽉 막히며 그 무슨 말인가를 해야겠으나 할 말을 찾지 못하는데 칠성이가 벌떡 일어서더니 하얗게 달빛이 어려 있는 감자밭으로 다가간다.

그러더니 쭈그리고 앉아 손을 더듬어 주먹만 한 하얀 감자를 몇 개 파들고 불 앞에 앉는다.

빨간 불속에 감자를 던져 넣으며 칠성이가 무뚝뚝하게 한마디 던진다.

"배고프지요?"

농장에서 거의 매일 보는 칠성이지만 은주는 칠성이를 오늘 처음 가까이에서 자세히 보았고 농장에 이런 총각이 있었던가? 할 정도로 관심 밖이었다.

학교를 졸업하고 처음 농장에 짐을 풀었을 때, 아침 조회 시간에 키가 훤칠하게 큰 칠성이가 언뜻 눈에 비쳤다.

'저렇게 멋있게 생긴 총각이 농장에 있었나? 농장에서 일하긴 너무

아까운 것 같은데.'

그땐 그렇게 생각했다.

어느 날 함께 김매기를 하던 남새작업반 분조장 언니한테 슬쩍 물었다.

"음, 축산작업반에서 일하는 김두칠의 아들 말이지. 참 아까운 총각이지. 농장에서 뒤치개일이란 일은 다 도맡아 하지.

출신성분이 안 좋아 군대도 못 갔다우.

상촌에 있는 과수원과 논밭이 다 그 집 소유였어. 말하자면 지주지. 게다가 칠성이 삼촌이 전쟁 때 국군을 따라 남으로 나갔다우.

전쟁 때 국군이 저 아래 모래사장에 배를 대고 상륙했지.

그때 태극기를 들고 환영한다며 마을 사람들을 선동했고

국군이 광주령 고개를 넘을 때 함께 따라섰지.

그리고 전쟁이 끝나고 협동화가 진행될 때 이 마을에서 리당비서 살해 사건이 있었어.

거기에도 가담됐다고 하네. 해방이 되고 토지개혁 때 과수원과 논밭은 다 몰수당했지만 지금 살고 있는 기와집은 다행히 몰수당하지 않았어."

탁탁 튀는 불꽃을 바라보며 그때 일을 생각하는데 칠성이가 눈앞에 다 익은 감자를 내밀며

"어서 먹어봐요. 감자가 달아요." 한다.

은주는 화기에 달아오른 얼굴을 쳐들고 칠성이를 바라보았다.

구릿빛 각진 얼굴이다.

거기에 우뚝 선 콧날. 그려 붙인 것 같은 눈썹. 그리 크지 않은 쌍꺼풀 없는 눈. 반듯한 인중선과 윤곽이 뚜렷한 보기 좋은 입술.

웃을 땐 가지런한 하얀 치아와 시원스럽게 반듯한 이마.

사슴처럼 쭉 빠진 목에 보기 좋게 솟은 울대.

딱 바라진 어깨와 조금은 사색적인 눈빛.

그리고 석쉼한 목소리…

그날 이후 은주의 눈앞엔 시도 때도 없이 칠성이의 모습이 언뜻언뜻 스쳐 지나간다.

어떨 땐 하얀 달빛 속에 웃통을 벗어던지고 힘차게 감탕을 퍼내던 모습이, 어떨 땐 부드럽게 웃을 때 드러나는 가지런한 치아.

어떨 때는 타오르는 불꽃을 하염없이 바라보던 사색적인 눈빛,

어떨 땐 다 익은 감자를 내밀던 모습이… 그리고 잠자리에 누우면 언뜻 잠이 오지 않는다.

식탁 앞에 앉아도 밥맛이 무슨 맛인지 모르겠다.

배고프지도 않고 배부르지도 않다.

시간이 가고 날이 갈수록 머릿속엔 온통 칠성이 생각뿐이다.

어느 날 하루 작업을 끝내고 농장 선전실로 향하는데 저만치 앞서 걸어가는 키가 훤칠한 칠성이 뒷모습이 보인다.

순간 은주는 가슴이 따끔하며 조금씩 울렁거린다.

그런데 샛길에서 쪼르르 같은 청년분조 분이가 달려 나오더니 칠

성 오빠~ 하고 따라서며 옆에 찰떡처럼 찰싹 달라붙는데 은주는 왠지 질투심 같은 것이 일었다.

그날 밤 잠자리에 누웠는데 은주는 도무지 잠이 오지 않는다.

자꾸만 칠성이의 모습과 친근하게 부르며 따라서던 분이의 모습이 어른거린다.

은주는 입술을 꼭 깨물었다.

그리고는 이불 밑에서 두 주먹을 꼭 쥐었다.

"잊어야 해. 내가 미쳤어. 제정신이 아니야.

혁명할 생각은 안 하고 안일하게 반동분자 자식을 생각하다니.

지주 아들놈을 생각해서 뭐 어쩌겠다는 거야. 다시는…" 하고 굳게 마음 다졌다.

겨울이 되어 산과 들에는 하얗게 눈이 쌓이고 석개울도 꽁꽁 얼어붙었다.

청년분조원들은 삽과 곡괭이를 들고 뜨락또르에 올라 퇴비 생산 전투에 나섰는데 은주는 혼자 남아 점심 식사 준비를 하고 있다.

눈꽃이 날리는데 은주는 배추를 다듬고 아궁이에 불을 지핀 다음 마당에서 장작을 패고 있었다.

그런데 달구지에 땔감나무를 한가득 싣고 청년분조 마당가로 들어선 칠성이가 은주한테서 와락 도끼를 뺏어들더니 쩡쩡~ 하고 힘차게 장작을 쪼갠다.

은주는 어쩔 수 없이 새침한 표정으로 옆에 섰는데 입에서 하얀 입

김을 내뿜으며 장작을 쪼개던 칠성이가 쭉 허리를 펴고 서더니 도끼를 땅에 던져버리며 은주한테로 몸을 돌려 성큼 한걸음 다가선다.

그리고

"은주. 할 말이 있어." 한다.

은주는 움찔하며 잠깐 칠성이의 얼굴을 쳐다봤고 칠성이는 할 말이 있다 해놓고는 음~ 음~ 하며 말미를 떼지 못한다.

잠깐 두 사람 사이에 어색한 분위기가 감도는데 눈꽃이 하늘거리며 두 사람의 머리와 어깨에 내려앉는다.

어느새 나뭇가지에 날아와 앉은 까치가 '어서 말해' 하듯이 꼬리를 달싹거리는데 잠시 그렇게 섰던 은주가 차갑게 쏘아붙인다.

"갑자기 벙어리가 됐어요? 말씀하세요." 그러자

칠성이가 용기를 낸 듯 어험~ 어험~ 하고 헛기침을 하더니

"저, 요즘엔 잠도 안 오고 밥맛도 없고…" 해놓곤 묵묵부답이다.

또다시 은주가 쏘아붙인다.

"그래서요. 그게 나하고 무슨 상관이에요. 잠도 안 오고 밥맛도 없는 게 내 탓이란 말이에요?"

칠성이는 두 손을 마주 잡고 "아니. 그런 게 아니라…." 한다.

그 일이 있은 후 두 사람은 아무도 모르게 세 번 만났다.

세 번째 만난 다음 날부터 저녁 시간이면 은주는 열심히 손을 놀리며 뜨개질을 한다.

그러는 은주를 보고 분이가 말한다.

"아니. 이 실이 계실이 아니야? 물감을 곱게도 들였네. 누구 목도리를 이렇게 크게 뜨는 거야?"

두 사람이 좋아한다는 걸 온 농장이 다 알게 된 것은 산기슭에 진달래가 곱게 피던 봄날이었다.

점심시간 그들은 아름드리 소나무가 비껴서 있는 옥련골 입구에서 만났다.

옥련골 어귀에는 유사시에 마을 주민들과 학교 아이들이 모두 대피할 수 있는 방공호가 있었다.

한낮의 봄볕이 따뜻하게 내리쬐는데 은주는

"시퍼런 대낮에 뭐예요. 이러다 누구 눈에 띄기라도 하면 어쩌려구요. 혁명하는 시대, 투쟁하는 시대에 살고 있는 청년들답지 않게 안일하게 연애나 한다며 비판 무대에 설려구요." 하며 칠성이를 밉지 않은 시선으로 곱게 흘겨본다.

"우리 저 안에 들어갈까?" 칠성이가 말했고 두 사람은 손잡고 방공호 안으로 들어갔다.

마을학교에서 오랫동안 교장직에 있다 퇴직한 백 선생이 그 방공호를 관리하고 있었는데 관리래야 한 주일에 한 번씩 한나절 동안 콘크리트 철문을 열어놓고 환기만 시켜주면 된다.

그날 오전 한 주 동안 닫혀있던 철문을 열어 놓았는데 칠성이와 은주는 손을 잡고 그 방공호 안으로 들어간 것이다.

한참 시간이 지나 방공호에서 나오려던 그들은 굳게 콘크리트 철문이 닫힌 것을 알았고 백교장선생은 안에 사람이 있는 걸 확인도 하지 않고 문을 잠가버렸다.

칠성이와 은주가 같은 시간에 없어졌는데 귀신이 곡할 노릇이다.

하늘로 솟았나? 땅으로 잦았나? 며칠째 온 마을과 산과 들. 바닷가를 찾아다녀도 없다.

보위부에서도 은밀히 출동하였다.

왜냐면 칠성이 여동생 달래가 초등학교 때 밤에 자다 꿈을 꾸었다.

그런데 한 번도 본 적이 없는 남으로 나간 삼촌이 집에 들어선다.

그 모습이 얼마나 생생한지, 아침에 잠에서 깬 달래는 엄마에게 지난밤 꿈에 삼촌이 집에 오셨다고 했다.

그리고 학교에 가 친한 동무에게 꿈 이야기를 했다.

그 말이 보위부에까지 들어갔고 보위부에서는 정말로 삼촌이 나타나지 않았나 하여 오랫동안 밤이면 칠성이네 집 주변에 매복하고 있었다.

백 선생이 일주일 만에 굳게 닫혀있던 콘크리트 철문을 여는 순간 아연실색했다.

문가에 맥없이 기대앉은 칠성이 머리가 한쪽 옆으로 기울었는데 칠성이의 무릎을 베고 죽었는지 살았는지 은주가 누워있다.

칠성이 옷은 모두 벗겨져 은주의 작은 몸에 덮여져 있는데 두 손으로 얼마나 두터운 콘크리트 문을 두드리고 허볐던지 양쪽 손끝이 모두 닳아져 피가 흘렀다.

죽었다 살아난 은주에게 엄마가 말했다.

"이년아. 근본도 모르는 우거지 년아. 우리는 무산계급이야. 대대로 가난에 찌들었던 머슴꾼 집안이란 말이야. 말하자면 제일 깨끗한 혁명의 기본 계급이란 말이다. 큰일을 할 네 오빠의 얼굴에 먹칠을 해도 분수가 있지. 네년이 우리 집안을 망치려고 잡도리를 단단히 했구나. 반동분자 집안하고는 물과 기름이야. 섞일 수 없어."

죽었다 살아난 칠성이에게 아버지가 말했다.

"올라갈 수 없는 나무는 바라보지도 마라. 쥐구멍에도 해가 들 날이 있겠지. 때를 기다리는 거야."

매미가 우는 여름이 왔다.

시내와 인접한 어촌마을 백사장엔 물놀이객들로 초만원을 이룬다.

농장에서 쉬는 날이어서 칠성이도 그 속에 끼어 친구와 섭죽을 끓여놓고 오랜만에 술 한잔했다.

날이 어둑어둑해질 무렵, 친구와 헤어져 석개울 뚝길을 따라 하촌을 지나고 중촌을 지나고 상촌으로 올라가는데 개울가에서 웃고 떠들어대며 수다를 떠는 아낙네들의 말소리가 들려온다.

팡팡 빨래방치로 빨래를 두들기던 아낙네가 말한다.

"에구. 바꿔놓고 생각해 보우. 나라면 딸을 반동 집안에 주겠수? 그거야 범의 굴에 딸자식을 들여보내는 거나 마찬가지지."

허리를 굽히고 흐르는 물에 빨래를 활활 헹구던 아낙네가 허리를 펴고 일어서며 말한다.

"사실은 둘이 천상배필이지비. 칠성이 총각이 얼마나 좋소. 또 은주는 어떻구. 마음이사 비단이지비. 그치만 세상이 어디 그리 호락호락 하오.?"

한 아낙네가 급히 일어서며

"애개개, 내 빨래" 하며

흐르는 물에 떠내려가는 빨래를 잡으려고 허둥지둥 따라가다 물속에 풍덩~ 넘어지는데

"하하하, 호호호." 하고 웃음바다가 된다.

아낙네들의 수다와 웃음소리를 뒤로하고 터벅터벅 맥없이 걸어 집에 들어선 칠성이는 아버지를 보는 순간 눈에서 불이 일었다.

그리고 소리 질렀다.

"아버지는 왜 여기 남으셨어요. 이 땅이 그리도 좋으셨어요. 이 집이 그리도 좋으셨냐구요.

그때 삼촌이 남으로 함께 나가자고 그렇게도 설득했는데, 아버지는 제정신이셨어요?

아니면 바보셨나요. 제가 무슨 죄가 있어요. 무슨 죄가 있냐구요.

전 아버지 자식으로 태어난 죄밖엔 없어요. 그런데 왜 저를 이렇게도 모질게 한단 말입니까? 아버진 서럽지도 않으세요? 억울하지도 않으시냐 말입니다."

벌떡 자리에서 일어선 김두칠은

"이 자식이" 하더니 칠성이의 뺨을 세게 올려 박는다.

잠시 휘청하고 머리를 떨구던 칠성이의 눈가에 가랑가랑 눈물방울이 맺혔다.

잠시 후 천천히 머리를 쳐들고 그 무언가를 한참 쏘아보던 칠성이는 입술을 힘껏 깨물더니

"죽어야 해." 하고 나지막이 부르짖는다.

그런 다음 홱 머리를 돌려 고방문쪽을 노려보더니 문을 박차고 고방에 뛰어든다.

그다음 고리 궤짝을 열어젖히더니 순식간에 옷가지들을 와락와락 걷어내고 맨 밑에 깔려있는 포승총을 집어 들고 맨발로 밖으로 뛰쳐나간다.

아들의 따귀를 쥐어박고 잠시 멍해있던 김두칠은 그다음에야 제정신이 돌아온 건지 칠성이를 뒤쫓아 나간다.

"칠성아, 거기 서거라. 이 자식아."

한 손에 포승총을 들고 칠성이는 정신없이 달려 은주네 삽작문앞에 우뚝 멈춰 섰다.

그리고 울분에 소리쳐 은주를 불렀다.

"은주야, 나와 봐. 나와 보라니까. 마지막으로 너한테 꼭 할 말이 있어.

우리 둘이 저 하늘 높이 구름 타고 훨훨 날아올라 아무도 없는, 멀리멀리 별나라로 가자.

거긴 우릴 못 살게 구는 이도, 우릴 갈라놓는 이도 없어.

거긴 행복할 거야. 거긴 낙원일 거야."

개들이 컹컹 짖는다.

순간 땅~ 하고 총성이 울렸다.

집 마당에서 구구거리며 모이를 쪼던 닭들이 꼬꼬꼬~ 하고 날아오르고 디딤돌 옆에 놓인 장독이 박살난다.

개들이 더 크게 짖어댄다.

"에구마, 이게 무슨 날벼락이야." 하며 금주가 활짝 문을 열어 젖히는데 또다시 땅~ 땅~ 하고 총성이 허공을 가른다.

금주는 푹~ 쓰러진다.

그다음 칠성이는 총구를 자기 가슴에 돌리고 방아쇠를 당겼다.

"엄마. 이제 그만하구 집에 가자."

한손에 싱아를 들고 밭머리에 서서 바삐 손을 움직이며 김을 매고 있는 엄마에게 영주는 칭얼거린다.

"엄마, 새카매져. 배고파. 빨리 가자."

쌍가매는 그러는 어린 딸에게

"조금만 기다려. 이젠 다 됐어. 매든 걸마저 끝내야지." 한다.

꾸르릉~ 꽝~ 갑자기 먹장구름이 빠르게 밀려오며 천둥소리가 들린다.

금방 빗방울이 떨어질 것 같다.

쌍가매는 더 부지런히 밭이랑을 매 나가며 어두워지는 하늘을 처다본다.

이때 땅~ 땅~ 하고 총성이 울린다.

영주는 흠칫 놀라며 두 눈을 동그랗게 뜨고 겁먹은 표정이다.

또다시 땅~ 땅~ 하고 총성이 들리는데 마을 쪽에서 개들이 요란하게 짖어댄다.

쌍가매는 일손을 뚝 멈추었다.

그다음 허리를 펴고 총소리가 들리는, 개들이 짖어대는 마을 쪽을 바라본다.

'무슨 총소리일까?'

후드득 빗방울이 떨어진다.

동시에 꽈르릉~ 꽝~ 천둥이 울린다.

"영주야, 빨리 가자."

쌍가매는 부랴부랴 영주를 들쳐 업고 집으로 달린다.

언덕길을 바삐 내려 징검다리를 건너는데 집 마당켠에 사람들이 웅성거리는 것이 보인다.

이때 집 모퉁이에서 순이 엄마가 마주 달려오며

"금주 엄마. 금주가… 금주가 총에…" 한다.

쌍가매는 영주를 내려놓고 쏜살같이 집 마당으로 들어섰다.

그런데 이게 웬일인가? 금주다. 분명히 금주다. 금주가 피 흘리고 쓰러져있다.

"금주야~" 쌍가매는 덥석 쓰러진 금주를 끌어안았다.

"금주야, 눈을 떠봐. 눈을 뜨라니깐. 엄마다. 엄마가 보이니?"

언제 달려왔는지 은주가

"언니, 나야. 은주야. 왜 말이 없어. 은주란 말이야. 눈을 떠봐. 눈을 좀 떠보라니깐."

은주는 몸부림치며 피에 젖은 금주를 흔들어 깨운다.

고요하다.

그리고 한없이 평온한 모습이다.

동그란 하얀 얼굴. 오뚝한 코. 꼭 감은 두 눈에 드리운 긴 속눈썹. 뚜렷하고 반듯한 인중선. 반듯한 이마 아래로 드리운 까만 머릿결. 관자놀이 쪽으로 길게 비껴간 까만 눈썹에 양쪽 긴 눈꼬리. 쭉 빠진 가는 목덜미. 웃을까 말까, 미소 짓는 듯한 작은 얼굴에 볼을 비비며 은주는 목 놓아 운다.

"언니야, 미안해. 내가 미안해. 내가 잘못했어. 진짜 잘못했다구.

언니야. 한번만 눈을 떠봐. 한번만 눈을 떠보라니깐. 언니야, 엉~ 엉~ 어떻게 하면 좋아. 불쌍한 우리 언니. 어떻게 하면 좋아."

은주는 금주를 흔들어 깨우며 목 놓아 운다.

영주가 싸늘하게 식은 금주의 한쪽 손을 작은 두 손으로 감싸 쥐고

"언니야, 죽지 마. 죽지 마. 죽지 마." 하며 슬프게 운다.

완전히 날이 어두워져 가는데 또다시 꽈르릉~ 꽝~ 더 크게 우뢰가 운다.

더 세게 빗방울이 떨어진다.

문제는 총이었다.

무슨 목적으로 지금껏 집 안 깊숙이 감추어 두었는가?

은밀하게 보위부 조사가 시작되었고 자정이 지날 무렵 김두칠의 집 마당가에 전조등 불빛이 번쩍이고 개들이 요란하게 짖어대는데 그다음 아무도 김두칠을 보았다는 사람이 없다.

수확을 끝낸 밭이랑에 하얗게 서리가 내릴 무렵 학교 담벼락과 농장 선전실, 그리고 여기저기에 검은 글씨로 크게 찍어낸 포스터가 나붙었다.

포고문.

"반혁명분자 김두칠을 인민의 이름으로 저난함에 대하여"

많은 사람들이 석개울 뚝방길 아래 모여들었다.

그다음 여러 대의 차들이 흙먼지를 일으키며 달려오더니 뚝방길 위에 멈춰 선다.

차에서 성큼 뛰어내리는 셰퍼드. 소련 예술영화 『의지가 강한 사람들』에서 히틀러 암살에 실패한 젊은 주인공이 추격해 오는 독일군 총탄에 맞아 비틀거리며 밀림 속을 달리는데 사납게 짖어대며 뒤좇던 그 용맹스럽고 총명해 보이는, 두 귀가 뺄쭉 선 셰퍼드다.

안경 너머로 예리한 눈빛을 번뜩이며 사복 차림의 나이 지긋한 검사들이 운전석 뒤켠에서 몇몇이 내린 후 어깨에 총을 둘러멘 누런 제복을 입은 젊은 저격수들이 내린다.

그다음 손목에 수갑이 채워지고 포승줄로 온몸이 묶인 김두칠이 부축을 받으며 차에서 내리는데 하늘색 죄수복에 앞가슴엔 151번이란 번호가 붙어 있고 발에는 하얀 고무신이 신겨져 있다.

머리를 깊숙이 숙여 얼굴은 보이지 않으나 말라비틀어진 온몸이 죽기 직전이다.

입안엔 말처럼 자갈까지 물려있다.

한 검사가 자리에서 일어서더니 김두칠의 죄악을 폭로한다.

『반혁명분자 김두칠을 인민의 이름으로 차단함에 대하여』

……김두칠은 해방 전 여러 명의 머슴을 두고 농민들을 착취한 지주였으며 사회주의 우리 제도를 말살할 목적으로 집 안 깊숙이 무기까지 감춰뒀고 1970년 8월 3일. 달구지를 끌고 상촌에서 내려오던 중 "이랴, 이 소야. 어서 가자." 하고는 "어이유, 너도 제도를 잘못 만나 고생하는구나." 하며 우리 제도를 비방하는 엄중한 발언을 했는바, 더 용서할 수 없는 것은 위대한 수령님의 초상화가 모셔진 신문으로 변소에 들어가 엉덩이를 닦았다는 것이다……

군중 속에서 한 사람이

"인민의 이름으로 반동분자 김두칠을 총살하라!" 하니

반대편에서 또 다른 사람이

"옳소. 그런 악질 지주는 타도해야 하오." 한다.

한 여인이 큰소리로 구호를 외친다.

"반혁명분자 김두칠을 타도하자!"

"타도하자! 타도하자! 타도하자!" 사람들이 주먹을 쳐들고 외친다.

땅~ 땅~ 놀란 까마귀들이 날아오른다. 김두칠의 온몸을 묶었던 포
승줄이 탁~ 튕겨져 나가더니 푹, 쓰러진다.

5장
생의 모습

어른들은 일터로 나가고 아이들은 학교로 가고 마을은 고요하기만
하다.

햇살이 따스하게 비쳐 내리는데 봉철이네 할아버지는 문간에 앉아
끄덕끄덕 졸고 있고 치매에 걸린 옥이네 할머니는 집 앞에 엉덩이를
드러내놓고 쭈그리고 앉아 끙끙거린다.

마을 어귀, 아름드리 황철나무에 매달린 확성기에서는 유명 가수
가 부르는 노랫소리가 울려 퍼진다.

푸른 산기슭에 기름진 들가
황철나무 한 그루 비껴선 마을에
백두산의 정기 담아 맑은 샘물 솟나니
여기는 내 마을 사랑하는 내 조국

오래전 큰 고개를 넘고 작은 고개를 넘어 떠돌이 꾼이던 한 젊은이 가 이 마을에 들어섰다.

마을 어귀에 들어선 젊은이는 큰 황철나무 아래 솟아나는 시원한 샘물을 한 바가지 떠 꿀꺽꿀꺽 마신 다음 마을을 둘러보았다.

저 멀리 서쪽으로 높이 솟아오른 불타산.

그 밑으로 흐르는 맑은 실개천. 금빛 모래사장과 푸른 소나무 숲.

바다 한가운데 기묘히 솟아 있는 작은 섬.

그리고 산기슭의 아기자기한 마을….

젊은이는

"야, 경치가 참 좋네." 하고는 이 마을에 머물렀다.

여명이 밝아 오고 아침 해가 멀리 수평선 너머로 두둥실 솟아오를 때면 모래사장을 걸으며 아~ 오~ 하고 목청을 돋워 발성연습을 한다.

봄부터 가을까지 매일 이른 아침이면 높은 고음으로 발성연습을 하던 젊은이는 어느 날, 갑자기 사라졌다.

그리고 이듬해 봄. 확성기에서 그의 노래가 울려 퍼졌다.

하늘은 푸르고 찬란한 햇빛은 동산 가득 비치는데 확성기에서 연이어 노랫소리가 들려올 때 엄마…하고 영주가 찾고 부르는 소리가 들려온다.

"엄마, 편지. 오빠한테서 편지가 왔어."

정신없이 소리치며 징검다리로 달려오는데 한가하게 풀을 뜯던 송아지는 음메~ 하고 바라보고 마을 공터 큰 아카시아 그늘 밑에서 늘어져 자던 누렁이가 놀라 머리를 쳐든다.

배부르게 먹고 불룩한 배를 깔고 자던 꿀꿀이가 점심 먹을 시간인가 하여 꿀꿀거리며 일어서고 닭들은 놀라 꼬꼬꼬~ 달아난다.

어느새 집 마당에 들어선 영주는 한손을 쳐들고 또다시

"엄마, 편지. 오빠한테서 편지가 왔어." 하는데

쌍가매는

"무시기라니? 편지?" 한다.

연이어 물에 젖은 두 손을 행주치마에 닦으며

"어디 보자. 정말로 철주한테서 온 편지란 말이냐?" 하는 것이다.

"어서 뜯어읽어보아라. 어서"

영주는 개봉한 편지를 두 손으로 쳐들고 또박또박 큰 소리로 읽어나간다.

『언제나 보고 싶은 어머니에게.

어머니. 그간 몸 건강하셨습니까?

오늘도 당이 제시한 7개년 인민 경제계획을 완수하기 위하여 얼마나 수고 많으십니까?

그리운 동생들도 모두 맡은 임무에 충실하고 공부를 잘하며 몸 건강히 잘 지내리라 믿습니다.

······』

내리읽는데 쌍가매는 옷고름으로 눈물을 찍어내고 순희 엄마가 "철주한테서 편지가 왔다 메." 하며 문간으로 들어선다.

『……어머니. 어머니께서 보내주신 소포와 편지를 23일에 반갑게 받았습니다.

그 추운 겨울 날씨에 부둣가에서 그 많은 명태를 손을 녹여가며 일일이 손질하여 외화벌이 사업소에서 단복(추리닝)과 바꾸셨다니, 전 그 빨간 단복을 들고 많은 눈물을 흘렸습니다.
……

어머니. 기뻐하십시오. 여름방학을 맞이하여 모스크바에서 열린 사회주의 나라 노어 경진대회에서 제가 1등을 하는 영광을 받아 안았습니다.

그리고 한 가지 더 기쁜 소식을 전합니다.

제가 모스크바국립대 유학생으로 뽑혔습니다.

김일성종합대학에서 8명이 뽑혔는데 7명의 학생들은 중국과 동유럽 사회주의 국가들에,

그리고 저만이 모스크바국립대입니다.』

편지를 읽어 내려가던 영주는

"야~!" 하고 환호하더니

"엄마, 들었지. 오빠가 소련에 유학 간대. 난 오빠한테 당장 회답 편

지 쓸래.

모스크바에서 선물 사다 달라고. 소련은 경장 하대.

우리나라보다 훨씬 발전됐고 좋은 물건들도 많지 않아?

내 옷, 예쁜 신발, 머리핀 사다 달라고 할 거야."

성주는 편지를 읽다 말고 한껏 들뜬 영주를 툭~ 치며

"어서 마저 읽기나 해" 한다.

『……고생 속에 살아오신 어머니. 이렇게 편지를 쓰는 저의 두 눈에선 뜨거운 눈물이 흘러 내립니다. 모스크바로 떠나기 전 꼭 어머니를 찾아뵙겠습니다.

금주 제삿날에 맞추어서요.

……』

영주는 편지를 읽다 말고 눈물을 훔치는데 엄마도, 순희 엄마도 흐느껴 운다.

활짝 열린 문간에 똑바로 앉아 초롱초롱한 눈빛으로 식구들을 서글프게 바라보던 누렁이가 왜 우느냐는 듯, 이제 그만 그치라는 듯 머리를 갸웃거린다.

전교의 1등이었고 수재였던 철주는 두 차례 국가 정무원 시험을 치른 다음 낙방되었다.

그리하여 학급 아이들과 함께 최북단 니켈광산에 배치받았다. 그때 철주는 힘겹게 메질하다가도 하마를 집어던지고 풀썩 땅에 주저앉았다.

맨땅에 두 다리를 쭉 뻗고, 두 팔을 뒤로하여 땅을 짚고 희뿌연 잿빛 하늘을 쳐다보았다.

그때면 기러기들이 가지런히 줄을 지어 앞서거니 뒤서거니 어디론가 훨훨 날아갔다.

어떨 때는 유독 한 마리만 아득히 뒤처져 날 때가 있었다.

그 뒤처진 한 마리가 자신 같았다.

자기도 모르게 이따금 한숨소리가 새나왔다.

저 자유로이 어디론가 날아가는 기러기들처럼 모든 걸 벗어던지고 훨~ 훨~ 날고만 싶었다.

어디론가 끝없이 가고 싶었다.

그날도 힘겹게 메질을 하는데

"철주 동무, 전화예요. 청진시당 교육부장동지가 바꿔 달래요." 하는 청년대장의 목소리다.

'무슨 일일까?' 하면서 철주는 한달음에 달려가 전화기를 들었다.

"아, 철주 동무. 수고가 많구먼. 지금 빨리 시 교육부에 도착하시오. 마침 거기 이쪽으로 나오는 차가 있다누만."

철주가 시 교육부에 도착했을 때는 석양이 질 무렵이었다.

"철주 동무, 기뻐하시오. 친애하는 지도자 동지께서 김일성종합대학 입학생들의 시험 답안을 다시 한번 검토하라는 지시가 떨어졌소.

그리하여 몇몇 가진 자들의 부정부패, 예물행위가 적발됐고 철주 동무는 당당히 합격점으로 영광스럽게도 최고의 전당에 오르게 되었소.

김일성종합대학 입학생이 되었단 말이오.

지도자 동지께서는 일꾼들에게 이렇게 말씀하셨소.

해방된 조국에 수령님께서 노동자, 농민들의 자녀들을 위하여 처음으로 세운 대학입니다.

우리나라의 과학과 기술을 떠메고 나갈 수재들을 키워내는 최고의 대학입니다.

만약 누구의 잘못으로 하여 단 한 명의 수재라도 외면한다면 우리는 당 앞에 책임을 져야 합니다."

철주는 두 손으로 벗어든 모자를 꼭 쥐었다.

그리고 감격하여 눈물을 흘리며 교육부장 앞에 두 무릎을 꿇었다.

"고맙습니다. 고맙습니다. 친애하는 지도자 동지.

조국을 위하여, 당을 위하여, 이 한 몸을 다 바쳐 나가겠습니다.

열심히 공부하여 내 나라를 빛내어 나가는 과학자가 되겠습니다."

철주는 눈물을 흘리며 문을 박차고 나왔다.

그리고 바다가 한눈에 내려다보이는 산언덕을 향해 달렸다.

저 멀리 관모봉 너머로 붉게 석양이 지고 있다.

하늘을 향해, 붉게 타는 석양을 향해 두 팔을 활짝 벌렸다.

그리고 힘껏 소리쳤다.

"조국아, 고향아, 내 너를 위하여 모든 걸 다 바치리라.

나래 펴리라. 훨훨 날아오르리라.”

그리고 굳게 마음 다졌다.

『저 푸른 바다의 갈매기처럼, 저 푸른 하늘의 수리개처럼, 힘차게 나래 펴리라고…』

협동농장의 당비서로 새로 부임돼온 오 풍기는 포전 길을 터벅터벅 걷고 있다.

바짓가랑이와 신발은 흙탕물에 얼룩졌고 팔소매를 걷어붙인 한 손에는 나무 지팡이가 쥐어져 있다.

서쪽으로 멀리 보이는 불타산 너머로는 석양이 지고 있고 북쪽의 야트막한 산기슭에 옹기종기 들어앉은 농가들에서는 벌써 저녁밥 짓는 연기가 피어오른다.

길 아래 소나무 숲 너머로는 푸른 바다가 저 멀리 내려다보이고 학교 운동장에서는 개구쟁이 아이들이 누구네 집에서 잡은 개 오줌통에 바람을 불어넣어 신나게 차고 있다.

좋아라! 아이들이 지르는 함성소리가 쌀쌀한 봄바람에 실려 간간이 들려온다.

며칠 전 농장 합숙에 짐을 푼 오 풍기는 낯선 어촌마을에서 쓸쓸히 혼자 첫날밤을 지새우는데 한없이 고독하고 생각이 착잡한 것이다.

어찌어찌하다 보니 이 나이에 여기까지 오게 됐다.

남자 나이 50 중반을 넘겼으니 60 정년까지 이젠 여기가 종착점인 듯하다.

이젠 더 내려갈 데도 없다.

여기서 순조롭게 마무리를 잘하여 마쳐야 할 듯하다.

그렇게 생각하니 한없이 서글퍼졌다.

이따금 컴컴한 소나무 숲 너머 백사장 쪽에서 무심한 파도 소리만 간간이 들려온다.

어두운 창밖에서는 개들이 컹컹 짖어댄다.

한창나이에 성도의 공산대학을 졸업했고 그다음 평양의 김일성고급당학교를 나왔다.

도당조직비서로, 시당선전비서로 승승장구했다.

그러다 낭떠러지에 굴러떨어진 것처럼 만신창이 되었다.

공장으로 쫓겨났고 두메산골로 혁명화의 길을 걷기도 했다.

그러다 다시 당의 부름을 받고 당일꾼으로 복귀하기도 했다.

그때면 고마워 눈물로 맹세했다. 당의 믿음에 꼭 보답하겠노라며 마음을 다졌다.

그러다 또다시 굴러떨어졌다.

모두 그것 때문이었다.

굴러떨어져 만신창이 신세가 된 어느 날 밤, 그는 홀랑 벗고 그 가운데 물건을 한 손으로 움켜쥐었다.

그리고 작게 부르짖었다.

"이 가운데 다리가 문제였어. 이것 때문이야. 거세해버려야 해."

그리곤 배를 깎아먹던 식칼을 집어 들었다.

내려오다, 내려오다 이젠 여기까지인데 이곳 사람들은 하나같이 무표정한 얼굴에 인간미와 정이라는 건 눈곱만큼도 없는 듯하다.

"베미(범이) 세 마리 새끼 낳는 곳입니다.

여자들의 넓적다리를 보곤 그것을 봤다는 곳이지요.

그 누구도 붙어난 사람(당비서)이 없어요.

2년을 넘기지 못했지요. 잘해야 합니다.

이번까지 문제를 일으키면 이젠 솟아날 구멍이 없어요."

떠나올 때 한 지인의 말이었다.

포전 길을 지나 자그마한 배 과수원 샛길로 꺾어드는데 놀란 개구리들이 꾸르륵~ 꾸르륵~ 울다 조용해진다.

언덕배기 들판에서 풀을 뜯던 황소가 머리를 쳐들고 바라본다.

배 과수원을 지나 양계장과 축산분조를 둘러본 다음 석개울 뚝방길로 올라서는데 한무리 마주 오던 여자애들이

"당비서 아저씨. 안녕하세요." 하고 지나치곤 저들끼리 까르륵~ 까르륵~ 웃어댄다.

그렇게 둘러보며 걷다 뚝방길에 올라선 오 풍기는 멈춰 서서 발아래를 내려다본다.

"이크, 엉망진창이군. 씻어야겠어." 하고는 흐르는 물가에 내려선다.

이른 봄물이 돌돌 소리 내며 흐르는 물가에는 버들개지가 피어 있다.

흐르는 물, 움푹 팬 가장자리에는 까만 개구리알들이 오글오글 보이고 이따금 잠을 깬 개구리들이 소리 내며 운다.

차가운 물에 두 손을 담그고 씻는데 연분홍 꽃잎이 떠내려 와 작은 소용돌이 속에 뱅뱅 돈다.

오 풍기는 손을 씻다 말고 한참 소용돌이 속에서 뱅글뱅글 도는 꽃잎을 바라본다.

그런데 또다시 꽃잎이 연이어 떠내려 온다.

소용돌이 속에는 꽃잎 두 개가 떠돈다.

조금 지나 셋, 그다음 넷, 계속 떠내려 온다.

작은 소용돌이 속에는 예쁜 꽃잎들이 셀 수 없이 많이 떠돈다.

어떤 꽃잎은 소용돌이를 벗어나 용케도 흐르는 물을 따라 떠내려 간다.

오 풍기는 멍한 시선으로 한참 바라보다 한 손을 뻗어 꽃잎 하나를 손바닥에 담았다.

어서 놓아달라는 듯 연분홍 예쁜 함박꽃 꽃잎은 향기를 풍기며 손바닥 위에서 팔랑거린다.

오 풍기는 허리를 쭉 펴며 일어서서 목을 길게 빼들고 흐르는 물 상류 쪽을 바라본다.

가지가 앙상한 버드나무만 보일 뿐 아무도 없는데 흐르는 물길을 따라 조금 걸어 평평한 빨랫돌 위에 올라섰다.

그런데 저편 물가에 한 처녀가 꽃을 한 아름 꺾어들고 꽃잎을 한

잎, 두 잎 떼여내 돌돌돌 흐르는 물에 띄워 보내는 것이다.

오 풍기는 조금 더 가까이 다가가 보려는 듯 몇 발짝 움직이는데 처녀는 몸을 일으키더니 뚝방길로 올라선다.

청년분조 처녀인 듯한데 지금까지도 퇴근하지 않고 높은 다락논에 지게로 두엄을 실어 힘겹게 나르는 것이다.

멀리 거리를 두고 포전에 들어선 오 풍기는 한참 그렇게 일하는 모습을 바라보며 가까이 다가갔다.

가까이 다가온 줄도 모르고 처녀는 또다시 지게에 두엄을 퍼 담는다.

"처녀 동무, 수고가 많구만"

놀라지 않게 하려는 듯 최대한 저음으로 목소리를 깔고 하는 말이다.

흠칫 놀라며 삽질을 멈춘 처녀가 이마에 흐르는 땀을 손등으로 씻으며

"어머나, 비서 동지. 안녕하세요?" 하며 몸을 돌려 머리를 숙인다.

푹 익은, 시큼한 냄새를 풍기는 두엄더미 옆에 그 꽃이 놓여 있다.

오 풍기는 허리를 굽혀 향긋한 꽃다발을 손에 쥐었다.

그리고는 얼굴 가까이 가져간다.

"꽃향기가 좋구만. 함박꽃이 아니요?"

"네. 다락 논에 피어났기에."

"내 방에 가져다 꽃병에 꽂아도 되겠소?"

처녀는 머리를 숙이고 얼굴을 붉히며

"네. 그렇게 하세요." 한다.

"그런데 다른 동무들은 다 퇴근했는데 왜 지금까지 남아 일하는 거요?"

"아이, 참. 전 오늘 과제를 다 완수하지 못했어요. 그리고 누군가는 해야 되지 않나요."

"가만있자. 그런데 청년분조 누구더라?"

당비서는 한참 처녀를 바라보더니

"아, 이제 생각나누만. 속보판에 처녀 대장부라고 크게 난 은주 동무지요." 한다.

처녀는 손에 든 삽자루만 만지작거리며

"네" 하고 얼굴을 붉힌다.

"이제 그만 내려갑시다. 날이 어두워지는데"

당비서는 은주 손에서 삽을 뺏어들더니 두엄더미에 푹~ 하고 꽂는다.

그다음 머리를 숙이고 얌전히 서있는 처녀 곁으로 성큼 다가서더니 한 손을 뻗어 은주 어깨에 묻은 검불을 털어준다.

순간 은주는 몸을 움찔하는데 금세 얼굴이 더 빨개진다.

한 번, 두 번… 손끝에서 전해지는 감촉이 온몸에 징그러운 송충이가 기어가는 것 같다.

세 번, 네 번… 그다음에는 전기에 감전된 것 같이 온몸이 오싹하며 부르르 떨린다.

다섯 번, 여섯 번…

"아이, 이젠 됐습니다. 그만하세요." 하고는 처녀는 작은 몸을 잔뜩 움츠리며 몸을 빼낸다.

협동농장 부비서 구태준은 자정이 훨씬 지났는데도 잠이 오지 않는다.

언제부터였던가. 곁에 누운 아내가 숨 막히게 생각되는 것은…

마을학교 경리 유금녀를 알게 된 다음부터였다.

벽시계가 땡~ 하고 하나를 쳐도, 땡~ 땡~ 두 개를 쳐도 잠을 이룰 수 없다.

그는 일어나 창문가에 섰다.

희끄무레한 창으로 달빛이 비쳐든다.

그 달빛은 잠이 든 아내의 호박같이 둥근 얼굴을 훤히 비춘다.

머리를 돌려 그르룽~ 그르룽~ 코를 골며 잠에 곯아떨어진 비돈같은 아내를 멀뚱히 바라보는데 또다시 숨이 막히는 것 같이 마음속이 답답하다.

담배를 꺼내 물었다.

그리고는 성냥개비를 그어 불을 붙인 다음 한 모금 깊게 들이마셨다가 후~ 하고 길게 내뿜는다.

창턱에 화분이 놓인 창문을 조금 열었다.

상쾌한 바닷바람이 스며드니 벌거벗은 몸뚱이가 시원하다.

낑~ 낑~ 하는 그 무슨 소리에 열려진 창으로 머리를 내미니 또다시 유금녀네 덜렁 수캐가 찾아온 듯하다.

다리가 길고 허리가 늘씬한 수놈은 양순이라 부르는 암캐의 궁둥이에 코를 대고 킁킁거리는데 암놈은 낑~ 낑~ 하고 꼬리를 살랑살랑 흔들며 흥분한 상태다.

수놈은 그러는 암놈의 몸뚱이로 성큼 올라타더니 몸을 밀착시키며 앞뒤로 흔든다.

후~ 하고 담배연기를 내뿜는 구태준의 눈앞에 벌거벗은 백옥같이 하얀 유금녀의 몸뚱이가 보인다.

순간 아랫도리가 뻣뻣해지는데 하얗게 비쳐드는 달빛에 그것이 잔뜩 성이나 전투태세를 갖춘 듯하다.

구태준은 한 손으로 넓은 가슴을 문지른 다음 손을 뒤로 돌려 탄탄한 엉덩이를 문지르고 쭉 뻗은 허벅지로 손을 가져간 다음 단단한 성기를 꾹 움켜쥐었다.

달빛 아래 마당에서는 유금녀네 수캐와 양순이가 낑~ 낑~ 거리며 쌍을 붙는데 구태준은 그렇게 새벽까지 안타까운 밤을 보내야만 했다.

동이 터오고 꼬끼여~ 하고 재재바리 노친네 집 수탉이 새벽을 알리는데 하나, 둘 집집의 굴뚝들에서는 밥 짓는 연기가 피어오른다.

새벽닭이 홰를 치는 소리에 잠을 깬 비돈은 부엌에 불을 지피고 가마솥을 부신다.

그러다가

"에구마, 내 정신 좀 봐. 배급 날이 내일인데 입쌀이 미내 한 알도 없이 똑 떨어졌지비." 하고는 성큼 일어나 쌀 함박을 들고 문밖을 나선다.

슬리퍼를 질질 끌며 집 모퉁이를 돌아 재재바리 노친네 마당으로

들어선 비돈은

"할매, 입쌀 뒤 사발만 있으면 꿔줍지." 한다.

잠시도 쉬지 않고 새처럼 온종일 재재거린다는

재재바리 노친네는 부엌에 앉아 불을 때며 쳐다보지도 않고 귀찮다는 듯

"우리도 쌀이 없소. 다 떨어졌꾸마. 유금녀 집에 가보우.

그 집이 배급 날이 23일이니 아직 쌀이 있을 거요." 한다.

그리하여 비돈은 쌀 함박을 앞뒤로 흔들며 바삐 유금녀네 집으로 간다.

삽짝 문을 열고 마당에 들어서니 이번에는 양순이가 유금녀네 덜렁 수캐를 찾아왔다.

두 놈은 마당 한켠에 낑낑거리며 쌍 붙어 있다가 비돈을 보자 잔뜩 경계하는 눈빛으로 비칠거린다.

유금녀네 굴뚝에서는 하얀 연기가 피어오르고 활짝 열린 부엌문으로 고소한 냄새가 풍기는데 비돈은 집 안으로 들어섰다.

그런데 삽짝 문이 열리고 열린 집 안으로 사람이 들어서는 것도 모른 채 유금녀는 부엌에 앉아 불을 때며 한 장의 사진을 두 손으로 쳐들고 정신없이 들여다보고 있다.

비돈은 신발장 곁에 서서 그러는 유금녀를 한참 내려다본다.

유금녀는 눈앞에 쳐든 사진을 손바닥으로 쓸고 또 쓰는데 눈물이 글썽한 얼굴에는 깊은 사랑과 그리움이 배여 있다.

쳐든 사진 속에서는 남편인 구태준이 활짝 웃고 있다.

사진 속 모습을 자세히 보니 15년 전 제대되어 약혼식을 올리기 전 약혼녀에게 줬던 사진과 똑같은 사진이다.

딱 바라진 어깨. 구릿빛 각진 얼굴에 짙은 눈썹. 불타는 듯한 눈빛과 씩씩하고 늠름한 모습. 그땐 얼마나 사랑했던가….

그대가 진달래로 피라면 진달래로 피고 싶었다.

저 하늘의 노을처럼 그대를 따르며 붉게만 피고 싶었다.

그대가 목련이 되라면 목련이 되고 싶었다.

흰 눈처럼 티 없이 깨끗한 순결한 맘으로 한생을 변함없이 사랑하리라 맹세했었다.

깊이 잠들었다 그 무슨 앙칼진 고함소리에 퍼뜩 잠을 깬 구태준은 자리에 일어나 앉았다.

아궁이에서는 뻘겋게 장작불이 타오르는데 가마솥은 부글부글 끓으며 하얀 김을 내뿜는다.

그 앙칼진 소리는 더 크게 들려오는데 가만히 듣자 하니 여편네 목소리인 것 같고 유금녀네 집 쪽에서 들리는 듯하다.

구태준은 이불을 박차고 벌떡 일어나 바지를 껴입었다.

그러고는 밖으로 나갔다.

유금녀네 삽짝문 컨에는 많은 동네 아낙네들과 남정네들, 금방 놀란 소리에 잠을 깬 아이들로 북적인다.

어떤 꼬마들은 아직 채 잠이 덜 깼는지 눈곱이 덕지덕지 붙은 두 눈을 손등으로 비비며 섰다.

"야, 이년아. 언제부터야? 언제부터냐고. 10년이지. 10년. 10년 동안 참았다.

이년아. 네년은 내가 왜 참았는지 알기나 하냐? 당직 때문이었어. 당의 신임 때문이었다구.

내 한 사람 참으면 다 된다고 생각했어. 세월이 흐르면 일없을 거라 생각했어.

아이들을 생각했고, 여론이 두려웠어. 그런 걸 네년은 알기나 하느냐.

요즘 들어 더 갑자기 쥐새끼를 잡아먹은 것처럼 주둥이에 연지 찌꼬 새빨갛게 바르고 엉덩이를 흔들며 다니더니 왜 그런가 했어.

이년아. 오늘 너 죽고 나 죽자."

비돈은 유금녀의 머리채를 두 손으로 감아쥐고 악을 쓴다.

"아, 아, 이걸 봐. 사람 죽는다."

육중한 체구에 깔린 유금녀가 소리 지른다.

구경하던 한 아낙네가 남정네들을 쳐다보며 소리친다.

"왜 가만 보고만 있수. 좀 뜯어말리라니깐."

손톱에 긁힌 유금녀의 한쪽 이마와 볼에서는 빨간 피가 흐르고 헐렁한 셔츠는 갈기갈기 찢겨져 허연 젖가슴이 드러나 보이는데 평산댁이 구태준의 집 쪽으로 달려가며

"부비서, 빨리 가서 애 엄마를 뜯어말리오. 큰일 나겠소. 살인치겠소." 한다.

정말 살인칠 것 같다.

구태준은

"이젠 이판사판이야. 깨진 사발이라구" 하고

혼자 소리로 중얼거리며 싸움터로 달려가는 전사처럼 비장한 각오로 마당을 가로질러 달려 나간다.

사람들을 헤집고 아내의 두 팔을 덥석 잡은 구태준은

"여보, 왜 이러우. 이게 무슨 망신이오. 빨리 집에 갑시다. 집에 가서 얘기 하기오." 하는데

한 광주리 되게 헝클어진 머리를 처든 비돈이 무섭도록 창백하고 분노에 찬 얼굴로 남편을 쏘아본다.

뜯어말리는 구태준을 보자 유금녀는 땅에 펄썩 주저앉아 두 손바닥으로 땅을 치며 으앙~ 하고 더 크게 울음을 터뜨린다.

손을 쳐들어 헝클어진 머리를 쓸어 올린 비돈은 증오에 찬 시선으로 남편을 쏘아보더니

"야, 이 개야." 하며

면전에 삿대질을 한 다음 퉤~ 하고 얼굴에 침을 뱉는다.

그다음 마당 한켠에 세워둔 기다란 싸리 마당비를 집어 들더니 굴뚝 밑으로 씽 다가가 쌍 붙은 암캐와 수캐의 가운데를 힘껏 내리친다.

빗자루를 들고 부릅뜬 무서운 눈으로 씽 다가오는 사람을 보고 잔뜩 겁이 난 암캐를 꽁무니에 끌고 휘청휘청 달아나던 수놈은 빗자루로 쌍 붙은 가운데를 힘껏 내리치자 깨갱~ 하며 떨어진다.

쌍 붙었던 한 쌍의 개들은 쏜살같이 어디론가 달아난다.

유금녀는 강원도 철령 넘어 분계연선 작은 마을에서 나서 자랐다.

그 한적한 시골 마을에서 나서 자란 농장 처녀들은 하나같이 고이 간직한 꿈이 있었다.

그것은 제대군인을 하나 낚아채 철령을 넘어 도회지로 시집가는 것이었다.

처녀들은 『철령을 넘자.』 이런 구호를 내걸고 하루하루 꿈을 키워 갔다.

다행히 유금녀는 꿈을 이루었다.

키가 작고, 잘난 데는 없지만 착하고 부지런한 총각이었다.

몸매가 날씬하고 여자다운 유금녀는 예뻤다.

10년 동안 심심산골에서 외출이란 건 한 번도 해 보지 못하고 제대 된 구태준은 눈에 보이는 처녀란 처녀는 다 예뻐 보였다.

처음 선을 보았을 때 노처녀는 고향의 백양나무 뒤에 몸을 숨겼다.

그 모습이 한없이 사랑스러웠다.

그리하여 결혼했다.

세월이 흐른 뒤 구태준과 유금녀는 달밤에 솔밭에서 서로 부둥켜 안고 어디론가 멀리멀리 달아나고 싶었다.

온 마을이 한바탕 떠들썩했고 애꿎은 쌍 붙은 개들만 화풀이를 당 했다는 둥, 이런 말, 저런 말 자자할 때 구태준은 비판 무대에 서게 되 었다.

당원이 벌떡 자리에서 일어나 외쳤다.

"동무는 당원이 맞습니까? 당원증을 가슴에 품은 사람이 당원의 양심을 저버리고 남의 집 유부녀와 동침했습니까? 동무는 당원의 자격이 없습니다." 또 다른 당원이 소리쳤다.

"동무는 머리가 썩을 대로 썩었습니다. 수정주의 부르주아 낡은 사상 잔재가 뼛속까지 스며든 사람입니다.

더욱이 부비서란 사람이, 당원들의 모범이 돼야 할 사람이 혁명할 생각은 않고 안일하게 유부녀와 놀아나다니, 그것도 10년이 넘게 말입니다.

바늘을 보자기에 싼다 하여 감춰질 것 같습니까?

집에서 새는 바가지가 밖에서도 샌다는 말이 있습니다.

가정혁명화가 걸렸습니다."

여 당원이 분노에 찬 시선으로 새된 소리를 지르며 책상을 쳤다.

"동무는 당원증을 내놓으시오. 출당시켜야 합니다."

부비서를 철칙 시킨 사람은 당비서였다.

구태준은 뙤약볕 내리쬐는 농장 벌에서 김을 매고 두엄을 실어 나르며 "복수할 거야." 하면서 어금니를 악물었다.

10년 넘게 코를 맞대고 함께 일하며 당비서의 뼛속까지 아는 구태준이다.

당 비서 집무실 앞에는 아름드리 느티나무가 서있다.

하루 일이 끝나고 농장 벌에 어둠이 내리면 구태준은 살금살금 느티나무에 기어올랐다.

당비서실 창가에만 밤늦도록 불빛이 환하다.

잎이 우거진 높은 나무 위에서는 당비서실뿐만 아니라 온 농장벌이 한눈에 내려다보인다.

어느 날 밤에는 방송실 처녀가 불빛이 비치는 당비서실 문을 두드리고 또 어느 날 밤에는 자기를 강하게 비판하던 여당원이 나온다.

그러던 어느 날 밤이었다.

산비탈 다락 논에서는 개구리들의 합주가 요란하고 박쥐들이 휙~ 휙~ 밤하늘에 날아예는데

개똥벌레(반딧불이)들이 작은 불빛을 깜빠이며 눈앞에 날아옌다.

그런데 어험~ 하고 헛기침을 하며 당비서가 문을 열고 나서더니 다락 논 쪽으로 걸어간다.

구태준은 긴장하여 나무에서 살금살금 기어 내렸다.

작은 수로를 건너고 양수장을 지나 왼편 다락 논이 있는 샛길로 꺾어든 당비서는 두 손을 입으로 가져가 나팔 모양을 만들더니 뻐꾹~ 하고 뻐꾹새 우는소리를 낸다.

조금 지나 다시 뻐꾹~ 하는데 미나리 밭 가장자리에 서있는 미루나무 뒤에서 한 여인이 나오는 것이다.

두 사람은 기다렸다는 듯 서로를 와락 끌어안는데 구태준은 가슴이 세차게 마구 뛴다.

살금살금 어둠 속에 몸을 납작 낮추고 다가가보니 그 여인은 축산

분조에서 일하는 절름발이 남편과 시어머니를 모시고 사는 작업반장 화숙이다.

당비서는 화숙이를 나무에 밀어붙이더니 강하게 몸을 밀착시키며 한 손으로는 젖가슴을 움켜쥐고 반대편 손으로는 치마 밑을 들치며 헉헉거린다.

구태준은 높뛰는 가슴을 진정시키며

"조금 더 기다려야 해" 하고 작게 되뇐다.

미루나무가 서있는, 그러니깐 미나리 밭 가장자리에는 직경이 거의 1미터가 돼 보이는 시멘트 배수관이 놓여 있다.

서로 와락와락 옷을 벗어던진 두 남녀는 끌어안은 채로 몸을 낮춰 그 배수관 속으로 들어가는 것이다.

계단식 논에서는 개구리들이 응원이라도 하듯 더 세게 울어대고 개똥벌레(반딧불이)들이 파란 불빛을 깜박거리는데 밤하늘에는 조각 달이 걸려있고 별들이 반짝이고 있다.

구태준은 그들이 끌어안고 들어간 배수관 가까이로 좀 더 다가갔다.

어느덧 배수관 속에서 간드러진 남녀의 신음 소리가 새나온다.

구태준은 더 세게 가슴이 울렁거리고 더 세게 방망이질하는데 자기도 몸에 걸친 거추장스러운 옷들을 홀렁홀렁 벗어던지고 달빛 아래 나체가 되어 배수관 속으로 기어들고 싶다.

절정에 달한 듯 신음 소리가 더 크게 새 나오는데 구태준은 한 번 크게 심호흡을 한 다음

"여기요. 여기 당비서가 쌍 붙었소. 작업반장 화숙이 하고 붙었소. 농장 여러분. 빨리 나와 보시오. 흥미로운 구경거리가 있소." 하고 고래고래 소리를 지르는 것이다.

그 고함소리는 고요한 농촌 들녘에 멀리멀리 울려 퍼지고 놀란 개들이 컹~ 컹~ 짖어댄다.

그리하여 당비서는 어디론가 쫓겨 갔고 화숙이는 한 달이 지나도록 바깥출입을 하지 못했다.

마을 사람들과 농장원들은 혀를 찼다.

"화숙이가 그럴 줄이야. 부끄러워 어떻게 얼굴을 들고 다닐까?"

시어머니는 이렇게 말했다.

"난 다 이해하오. 내 아들이 부실하니 그렇지비."

그리하여 새로운 당비서가 또다시 부임해 오게 된 것이다.

며칠이 지나도록 은주는 어깨로부터 해서 온몸에 스멀스멀 징그러운 송충이가 기어 다니는 것 같다.

새로 부임돼온 당비서가 어깨를 털어주던 그 감촉이, 그 손끝의 촉감이 온몸을 소름 돋고 오싹하게 한다.

청년분조원들이 비탈밭에서 강냉이 영양 단지를 옮겨 심고 있는데 저 아래쪽으로부터 분이가 올라오며 소리친다.

"은주 동무, 비서 동지가 찾아요. 지금 빨리 당비서실로 오라는데요."

은주는 하던 일을 멈추고 소리치는 분이 쪽을 내려다보며 생각한다.

"왜 오라는 걸까?"

은주는 그 송충이를 털어내듯이 머리에 썼던 수건을 벗어들고 온몸의 흙먼지를 탁~ 탁~ 털었다.

잔뜩 찌푸린 얼굴로 그 징그러운 송충이를 털어내듯이 말이다.

문을 두드리고 당비서실로 들어서니 기다렸다는 듯 활짝 웃으며 자리를 권한다.

"조금만 앉아 있소."

당비서는 테이블에 마주 앉아 계속 쓰던 글을 쓴다.

테이블 한쪽에는 그날의 함박꽃이 꽃병에 꽂혀져 있다.

한참 글을 쓰던 당비서는 머리를 쳐들고 허리를 쭉 편 다음 가볍게 주먹 쥔 두 손을 들어 올려 기지개를 켜더니

"은주 동무가 이제부터 수고를 좀 해줘야겠소.

은주 동무의 글씨를 보니 분이 쓴 글보다 훨씬 낫더만. 참 글을 잘 쓰오.

오늘부터 현장에 나가지 말고 내방에 와 저쪽 테이블에서 천천히 쓰면 되오." 한다.

은주는 내키지 않으나

"예." 하고 대답했다.

며칠 후 저녁시간이었다.

창밖은 어두워지는데 다른 때 같으면

"이젠 그만하고 들어가 보우. 수고했소." 할 텐데

아무 말 없다.

은주는 "차라리 잘됐어. 오늘까지 이걸 마저 끝내야지" 하고 생각하며 부지런히 써 나간다.

은은한 불빛 아래 처녀의 옆얼굴이 보인다.

뽀얀 얼굴에 긴 눈꼬리. 오뚝한 코. 가느다란 목선에 흘러내린 까만 머리카락. 동그스름한 양쪽 어깨. 봉긋이 솟아오른 앞가슴. 날씬한 허리. 오른손에 펜대를 쥔 깜찍한 작은 손. 오 풍기는 자기도 모르게 자리에서 벌떡 일어났다.

그러고는 테이블을 에돌아 은주한테로 씽~ 다가가 와락 처녀를 껴안는다.

순간 은주는 너무 놀라 악~ 하고 소리쳤다.

오 풍기는 한 손으로 은주의 입을 틀어막더니 온몸을 와들와들 떤다.

그러면서 신음 소리인지, 부르짖음인지 모르게 떠벌여 댄다.

"소리치지 마. 소리치면 끝장이야. 너도 망신이고 나도 끝장이란 말이야. 제발." 하며 오 풍기는 은주의 가느다란 작은 몸을 더 세게 끌어안으며 얼굴 가까이 느끼하고 희멀쑥한 커다란 번대머리 얼굴을 밀착시킨다.

은주는 우~ 하며 두 손으로 입을 감싼 오 풍기의 억센 손을 떼어내는데 오 풍기는 딱딱해진 아랫도리를 처녀 엉덩이 쪽으로 더 세게 밀착시키며

"제발, 제발 한 번만 사정을 봐줘. 입당시켜줄게. 연구실 관리원 시켜줄게." 하며 신음하는 것이다.

은주는 있는 힘을 다하여 오 풍기를 밀쳐버리려다 테이블 위에 놓인 먹통을 집어 들어 얼굴에 대고 힘껏 밀쳤다.

까만 먹물이 희멀건 얼굴로 흘러내린다.

동시에 놓여난 은주는 문을 박차고 캄캄한 밖으로 뛰쳐나왔다.

얼굴이 확확 달아오르고 머릿속이 웅웅 거린다.

가슴은 세차게 쿵-쿵-거리는데 양쪽 귀에선 "은주야. 한 번만 사정을 봐줘. 제발 부탁이야. 입당 시켜줄게. 연구실 관리원 시켜줄게." 하던 그 음성이 커다랗게 증폭되어 꽝-꽝-들린다.

괴물같이 큰 손아귀에 잡혔던 양쪽 손끝은 얼얼하고 감각마저 없는 것 같이 확확 거린다.

앞가슴과 허리, 엉덩이를 압박하며 숨 막히게 조여오던, 예리한 송곳에 찔리는 것 같던 딱딱함이 계속해서 전해진다.

한 마리의 징그러운 구렁이가 온몸을 칭칭 동여매는 것 같다.

마귀 같은 억센 손아귀에 틀어막혔던 입언저리는 쓰리고 치아는 아프고 흔들린다.

은주는 어둠 속을 달리고 또 달렸다.

얼마나 정신없이 달렸을까?

한 치 앞도 분간할 수 없는 캄캄한 언덕길을 달리며 돌부리에 걸려 넘어진 것인지 양쪽 무릎은 벗겨져 피가 흐른다.

그렇게 달리는 어둠 속에 칠성이가 보이고 금주가 보인다.

엄마 모습이 보이고 울고 있는 영주 모습도 보인다.

헉, 헉, 거리다 멈춰 섰다.

멈춰서 보니 자기도 모르게 작은 고개를 넘고 큰 고개를 넘어 집이 보이는 마을 어귀에 다다른 것이다.

개들이 짖는 소리가 들리고 저 멀리로 밤바다에 떠있는 배들의 깜빡이는 불빛이 보인다.

소쩍-소쩍-하는 소쩍새 울음소리가 슬프게 들려오는데 밤하늘의 별 무리를 쳐다보며 은주는 오래도록 서럽게 울었다.

그렇게 실컷 울고 나니 조금 마음이 진정되는 듯하다.

마음을 다잡고 옷매무새를 바로잡은 다음 이마 쪽으로 흘러내린 머리를 쓸어올리고 삽짝문을 열었다.

은주는 불 꺼진 방에 엄마와 나란히 누웠다.

자정이 가까워지는데 엄마는 사근사근 이야기하신다.

"……내가 다섯 살이었고 네 이모가 돌이 지나지 않았을 때야. 어렴풋이 기억나. 처마 밑에 제비가 날아들던 맑게 갠 날이었는데 네 외할아버지가 오랜만에 집에 오셨어. 정말 오랜만이었어. 난 그때 네 외할아버지를 처음 보았어. 네 외할아버지는 장춘영화촬영소 배우였거든… 혼자 온 게 아니었어. 마차에 이불을 깔고 젊은 여인을 고이 앉히고 왔는데 배가 불룩한 걸 보니 막달에 잡혔더구나. 이불을 깐 마차에 다소곳이 머리를 숙이고 않았는데 아래위 하얀 모범단 치마저고리에 보선을 신고 가르마를 낸 머리는 쪽 졌더구나. 난 세상에서 그렇게 고운 여자는 처음 보았어. 동그스름한 하얀 피부에 달덩이 같더구나. 고방에 이불을 깔고 고이 모셨는데, 네 외할머니는 삼시 세 끼 소반에 때식을 날랐어. 그러면 네 외할아버지가 마주 앉아 밥을 떠먹여주었지. 어두워진 저녁이면 굳게 닫힌 고방에서 쏙닥거리는 소리가 매일 밤 들려왔지. 참으로 무던했어. 네 외할머니 말이야. 애들을 끼고 정지방에서 매일 밤 혼자 지새면서도 언제 한번 내색하지 않으셨어. 애기를 낳고 떠나가는 날이었어. 그렇게도 울더구나. 작은 쪽배에 이불을 깔고 않혔지. 네 외할아버지는 노젖고… 기차가 출발하는데 서서히 달리는 기차를 따라서며 손을 흔들고 이름을 부르며 그렇게도 소리 내 우는 거야. 네 외할아버지 말이다. 그렇게 낳고 간 애가 네 외삼촌이야. 김일성종합대학을 나온 해룡이 삼촌 말이다.

이글거리는 한낮의 태양 아래 청년분조원들은 비탈밭에서 세벌 김매기를 하고 있다. 뻐꾹- 뻐꾹- 뻐꾹새 소리가 메아리로 들려오고 파란 하늘 높이 종달새가 날갯짓을 하는데 산들바람에 노랫소리가 들려온다. 꽃수건을 머리에 쓴 처녀들은 허리를 굽히고 부지런히 김을 매며 "하늘은 푸르고 내 마음 즐겁다 손풍금 소리 울려라……" 하고 따라 부르는데 분이는 심드렁한 표정으로 제일 뒤처졌다.

빠른 손놀림으로 저만치 앞서나가는 옥이가 허리를 쭉 펴더니 한참 뒤처진 분이에게 "애. 분이야. 빨리 따라와. 좀 도와줄까?" 한다. 분이는 머리를 쳐들고 아득히 뻗어나간 밭이랑을 바라본다.

이랑마다 파란 강냉이 잎새들이 바람에 하늘거린다.

언제 따라잡으랴. 아득히 뒤처졌다.

후-하고 한숨을 푹 내쉰 분이는 털썩 주저앉으며 호미 날로 강냉이 포기를 푹- 찍었다.

그다음 호미 날에 뭉청 잘려진 밑동을 흙으로 덮어버린다.

멀리 내려다보이는 농장 선전실 옆에 파란 조선 기회를 얹어 아담하게 지은 "혁명력사 연구실"이 눈에 띈다.

분이는 밭고랑에 주저앉아 멍하니 바라보는데 금방이라도 눈물이 왈칵 쏟아질 것만 같다.

얼마나 바라고 바랬던가. 그날을 그리며 눈이 오나 비가 오나 모든 어려움을 참아내며 일하지 않았던가.

그런데 은주에게 빼앗겼다.

그렇게도 바라던 연구실 관리원을 은주가 차지한 것이다.

이젠 은주는 이렇게 나처럼 땡볕 밑에서 매일 김을 매지 않아도 된다. 높은 다락밭에 헉헉거리며 두엄을 지어 나르지 않아도 되고 풀베기, 모내기를 하지 않아도 된다. 또 추운 겨울이면 퇴비 생산 전투에 동원되지 않아도 된다.

1년 365일 곱게 차려입고 곱게 화장하고 기껏 늦잠을 자고 나와서도 온실의 화초처럼 궁전 같은 실내에서 석고상 먼지나 털어주며 하루하루를 보내면 된다. 연구실 정원에는 또 얼마나 예쁜 꽃나무들이 많던가. 향기로운 꽃 속에 꿀벌들이 날아들고 나비가 날아들고, 누구나 부러워하는 꽃 속을 거닐며, 꽃향기를 맡으며 보내다 시집가면 된다. 연구실 관리원은 구역당 비준이고 또 입당도 쉽게 할 수 있지 않는가. 처녀의 몸으로 입당을 하면 시집을 잘 가는 건 물론이요, 가정을 꾸리고도 상점 판매원이나 경리로도 일할 수 있다.

그 모든 화려함을 은주에게 빼앗겼다.

현장에 나가지 않고 당비서 실에서 글 쓰는 것을 빼앗더니 이젠 연구실 관리원까지, 분이는 호미 날로 또다시 강냉이 포기를 팍 찍는다. 그러는 분이 눈앞에 칠성이 모습이 어른거린다. 칠성이를 그리고 생각할 때마다 왜 이리도 가슴이 아려오고 원망스러운가? 은주 때문이었다. 은주만 아니었어도 칠성이와 맺어졌을 것이다.

까치는 까치끼리 짝을 맺어야 되지 않는가.

유산계급과 무산계급, 물과 기름. 은주하고는 그랬다.

애초에 이루어질 수 없었다.

은주가 칠성이를 죽였다.

칠성이 아버지도, 온 집안이 은주 때문에 희생되었다.

이렇게 생각하는 분이 눈앞에 곱게 화장하고 연구실 꽃밭에 다소곳이 앉아 있는 은주 모습이 어른거린다.

분이는 또다시 호미로 풀포기를 팍 내리 찍는다.

처음으로 칠성이를 알게 됐던 그때가 생각났다.

"양 떼 몰고 이천 리"란 새로 나온 예술영화를 보고 실효 투쟁을 벌일 때였다. 그 영화는 지난 전쟁 시기 한 농촌 여성이 천 마리의 양 떼를 몰고 인민군의 뒤를 따라 이천 리를 후퇴하는 길에 겪게 되는 고초를 사실주의적으로 담은 내용이었다.

영화를 감상하고 자리에서 벌떡 일어선 분이는 "저도 영화의 주인공처럼 농장의 양들을 맡아 방목하겠습니다. 저에게 맡겨 주십시오. 이백 마리, 오백 마리로 마릿수를 늘리겠습니다. 믿어주십시오." 하고 열띤 토론을 하였다.

그리하여 축산분조의 양 떼를 맡아 방목하게 되었다.

어느 날, 석양이 지는데 양 떼를 몰고 석개울 다리목에 들어섰는데 뜨락또르가 마주 오며 반대편 다리목에 진입했다.

무리 지어 앞으로만 나가려던 양들은 요란한 뜨락또르 소리에 놀라 낮은 다리난간을 뛰어넘어 첨벙- 첨벙- 물속으로 뛰어내렸다.

순간 분이는 살려주세요- 양들을 살려주세요- 하며 발을 동동 구른다. 이때 뜨락또르 적재함에 타고 있던 칠성이가 첨벙- 물속으로 뛰어내렸다. 푸, 푸, 헤엄치며 흐르는 물에 떠내려가는 양들을 안아 올렸다. 양들을 무사히 구해낸 칠성이는 물참봉이가 되었고 바짓가랑이에선 물이 뚝, 뚝, 떨어지는데 분이는 어쩔 줄을 몰라 하며 냇가에 우등불을 피웠다.

"그 옷을 벗으세요." 하면서 얼굴을 붉혔다.

그때부터 분이는 칠성이를 마음속 깊이 그리며 사랑하게 되었다.

은주는 소 때문에 칠성이를 알게 되었고 분이는 양 때문에 칠성이를 사랑하게 되었다.

소 때문이 아니었다면 칠성이는 그렇게 아까운 청춘을 마감하지 않았을 것이다라고 분이는 생각하였다.

돌이켜보면 어떻게 된 건지 분이네와 은주네는 악연이었다.

그때부터였을 것이다.

두 집의 강아지들이 물고 뜯고 싸우게 된 그날부터였다.

두 집 강아지 싸움이 두 집 아이들의 싸움으로, 두 집 아이들의 싸움이 두 집 어른들의 싸움으로 번졌다.

문을 활짝 열어놓고 은주 엄마는 "워리, 워리워리… 워리, 워리워리……." 하고 강아지를 소리쳐 부른다.

집주인이 부르는 소리를 듣고 흰둥이는 쏜살같이 달려 집 마당으로 들어선다. 쌍가매는 큰 냄비에 담긴 개죽을 개밥그릇에 쏟아붓는데 강아지는 좋아라 꼬리를 흔들고 헉헉거리며 주인 치맛자락에 매달리더니 쩝쩝거리며 맛있게 먹는다.

자기 집 문 앞에 늘어져 게으른 잠을 자던 분이네 누렁이가 비스듬히 머리를 쳐들고 바라보더니 슬그머니 일어나 부르르, 몸을 턴 다음 어슬렁, 어슬렁 맛있게 죽을 먹는 흰둥이 곁으로 다가온다.

가까이 다가온 누렁이한테 죽 그릇에 처박았던 머리를 쳐들고 으르릉 거리며 잔뜩 경계하던 흰둥이는 누렁이가 주춤하자 다시 머리를 처박고 정신없이 먹는다.

곁에서 멀뚱히 바라보던 누렁이는 자기도 먹고 싶어 못 참겠다는 듯 군침을 흘리더니 죽 그릇에 머리를 디민다.

이때 먹던 것을 뚝 그친 흰둥이는 머리를 약간 처들고 치뜬 눈으로 으르릉 하는데 누렁이도 이겨보겠다는 듯 왕- 하고 흰둥이한테로 달려든다. 두 놈은 서로 죽일 듯이 물고 뜯으며 무섭게 싸우는데 분이 엄마가 뛰쳐나오더니 "아이유. 이 일을 어쩌나. 이눔개, 이눔개……" 하고 소리치며 두 팔을 내 젖는다.

흰둥이는 누렁이의 목을 물고 세차게 흔들어 대며 늘어지는데 목을 물린 누렁이는 깨갱, 깨갱 하며 흰둥이의 한쪽 다리를 물고 발악을 한다.

맨발로 달려 나온 쌍가매는 비자루를 집어 들고 물어뜯으며 단단히 엉킨 두 놈을 마구 내리친다.

그래도 떨어지지 않고 더 사납게 울부짖으며 발악을 하는데 두 집 식구들과 순희네 식구들까지도 다 나와 섰다.

순희 아버지가 바켓쯔에 담긴 물을 들고나와 확 끼얹으니 두 놈은 떨어졌다.

쌍가매는 "아이유. 놀래라…" 하며 연신 가슴을 쓸어내리고 분이 엄마는 "서로 죽일 것만 같네. 뜯어말리지 않으면 어느 쪽이든 죽겠지 비……" 하며 연신 호들갑이다.

다음 날이었다.

개죽이 담긴 그릇을 들고 분이 엄마가 "꼬도, 꼬도꼬도… 꼬도, 꼬도꼬도…" 하고 강아지를 소리쳐 부른다.

주인이 부르는 소리를 듣고 누렁이가 쏜살같이 집 모퉁이를 돌아 달려온다. 긴 혀를 빼들고 헉헉거리며 달려온 강아지가 꼬리를 흔들며 주인한테 매달린 다음 자기 밥그릇에 담긴 죽을 정신없이 먹는데 이번에는 늘어져 자던 흰둥이가 머리를 쳐들고 바라본 다음 어슬렁, 어슬렁 다가가 누렁이 죽 그릇에 머리를 디밀었다.

또다시 두 놈은 죽일 듯이 무섭게 싸운다.

며칠 후였다.

봉철이네 수탉이 꼬끼여- 하고 새벽을 알린 다음 동산에 아침 해 솟아오르고 활짝 열려진 집집의 굴뚝들에선 하얗게 밥 짓는 연기가 피어오르는데 쌍가매는 개죽그릇을 들고 "워리, 워리워리…" 하며 흰둥이를 소리쳐 부른다.

또다시 주인이 부르는 소리를 듣고 멀리서 달려온 흰둥이가 주인이 쏟아준 죽을 맛있게 먹는데 분이네 누렁이가 또다시 다가왔고 서로 으르릉 거린 다음 또다시 물고 뜯으며 싸움이 붙었다.

흰둥이는 누렁이와 싸울 땐 맨 먼저 목덜미부터 물어뜯는다.

그런데 그날 아침 싸움이 끝났을 때 흰둥이의 주둥이는 피투성이였고 땅바닥엔 빨간 피가 넘쳐흘렀다.

후에 안 일이지만 분이 아버지는 공장에서 피대줄에 날카로운 강한 철사가 촘촘히 박힌 목줄을 만들어서 자기 집 개의 목에 채워준 것이다. 그 철사가 박힌 목줄은 긴 털에 가려 보이지 않았던 것이다.

쌍가매는 "참으로 고약한 사람이야……" 하고 혀를 찼다.

은주 오빠와 분이 오빠는 같은 또래였다.

땅딸막한 찬이는 키가 작아 철주의 어깨에 머리가 닿았다.

찬이의 정수리엔 호떡만 한 크기의 화상 자욱이 있었는데, 그리하여 반들반들한 그 동그란 부분엔 머리가 나지 않았는데 어릴 적 발발기다 펄펄 끓는 가마솥 뚜껑에 정수리 부분을 화상 입어 그렇단다.

그리하여 키가 자라지 못한단다.

윗학년에 올라갈수록 유별나게 키가 작은 찬이를 두고 마을 아이들은 "고애"라고 별명을 붙여 놓았다.

땅딸막한 "고애"는 마을 공터, 높다란 아카시아 나무에 기어올랐다. 까치둥지에 휘발유를 쏟아부은 "고애"는 불을 질렀다.

어미 까치들이 활활 타오르는 불길을 보며 깍깍거리고 새끼 까치들이 땅으로 떨어져 살려 달라 팔딱거렸다.

그것을 보고 "고애"는 재미있다며 히히거렸다.

농장 밭머리에서 들쥐를 잡은 "고애"는 들쥐 몸에 휘발유를 쏟아붓고 불을 붙였다. 그러면 어미 들쥐는 온몸에 불길이 번져 타오르며 쏜살같이 달려 굴속으로 들어갔다.

"고애"는 또다시 재미있다며 히히거렸다.

야트막한 뒷산의 아름드리 소나무 위로 기어오른 찬이는 까마귀

둥지를 털었다. 양손에 까마귀 새끼를 든 찬이 머리 위로 어미 까마귀들이 까욱 거리며 내리 꽂혔다.

그렇게 마을 어귀에 들어선 찬이는 양손에 든 까마귀 새끼를 은주네 닭장에 집어넣었다.

놀란 닭들이 무서워 꼬꼬 거리며 좁은 닭장 안에서 뛰어다니는데 징그러운 두 마리의 까마귀 새끼는 어미를 찾으며 팔짝거린다.

"오빠. 빨리 와봐. 닭들이, 닭들이… 무서워. 징그러워. 찬이 오빠가, 찬이 오빠가 까마귀 새끼를 닭장에 집어넣었어. 닭들이 무서워해. 빨리 꺼내줘……."

영주가 황급히 오빠를 부르며 뒤울안으로 뛰어간다.

찬이는 닭장 앞에 서서 아수라장이 된 닭장을 들여다보며 키득거리는데 어느새 앞에 와 우뚝 선 철주가 "이 새끼가, …야, 임마. 까마귀를 꺼내. 꺼내지 못하겠니?…" 한다.

그러자 찬이가 "못 꺼내겠다. 어쩔 테냐…." 한다.

철주는 힘껏 주먹을 날렸다.

그리고 서로 부둥켜안고 치고, 받고 싸움이 벌어졌다.

철주 밑에 깔려 흠씬 두들겨 맞고 피투성이가 된 찬이가 호랑이처럼 두 눈이 퍼렇게 달떠 가까스로 일어서더니 커다란 돌멩이를 집어 들고 철주네 집 창문이란 창문은 모두 깨부셨다.

그날 밤 철주네는 깨져나간 창문에 비닐 방막을 치고 잠자리에 들었는데 찬바람이 훅, 훅 끼쳐들었다.

다음 날 여명이 푸름푸름 밝아오는데 양을 끌고 산으로 오르려던 철주는 아연실색했다.

텃밭 가장자리를 따라 빙 둘러 높게 세워진 콩대를 감아오르며 빨간 꽃이 핀 줄당콩 줄기가 칼로 위에서부터 밑에까지 하나같이 모조리 쭉쭉 그어진 것이다.

뿐만 아니었다.

뒷 문간에 놓인 꽃을 피운 화초들이 모두 꽃이 떨어지고 패대기쳐진 것이다. 그중엔 십 년 만에 꽃을 피운 화초도 있었다.

아침이 되면 닭장 문을 열어 놓았다.

그러면 닭들은 종일 마당켠에서 구구거리며 한가로이 먹이를 찾아 쪼았다. 그러던 어느 날이었다.

갑자기 분이 엄마가 활짝 문을 열어 제기며 앙칼진 소리를 지른다.

"아이고. 어떻게 하오. 저눔 닭들이 또 우리 집 텃밭으로 들어가 금방 나기 시작하는 배추를 다 쪼아먹었지비. 내 저눔 닭들을 어떻게 할까? 칵 죽기나 하지….."

분이네 집 마당켠엔 작은 텃밭이 있었다.

그 텃밭엔 배추며 시금치며, 남새를 심는데 네 귀퉁이에 나무 기둥을 박고 집짐승들이 들어가지 못하게 그물을 쳐 놓았다.

그런데 작은 틈새로 은주네 닭들이 들어간 것이다.

며칠 후였다. 한낮의 태양은 뜨겁고 마을은 고요하기만 한데 은주네 닭들이 닭장 앞에 모두 죽어 있다.

또다시 그물을 쳐놓은 틈새로 분이네 텃밭에 들어갔는데 싸이나 (꿩 잡는 약)를 쪼아 먹고 모두 죽은 것이다.

쌍가매는 죽은 닭들을 그러안고 또다시 혀를 찼다.

"죄를 받을 거야. 닭들을 죽이려고 싸이나를 뿌려 놨으니…. 이웃을 잘못 만났어."

땅거미가 지고 있는 저녁 무렵인데 은주네 돼지우리에 마을 사람들이 모여들었다.

돼지우리 안에서 귀여운 새끼 돼지가 다 죽어가는 것이다.

전날 게딱지를 먹였는데 짠 것이 금물인 돼지가 탈이 났나 보았다.

쌍가매는 울상이 되어 꿀꿀거리며 죽어가는 새끼 돼지의 배를 어루만지고 물에 탄 소다를 입을 벌리고 숟가락으로 떠 넣어주는데 순이 엄마가 가위를 들고 와서는 "귀를 베주오. 그러면 금방 나아질 거요." 한다. 순이 엄마 말대로 귀를 베여주고 빨간 피가 흐르는데도 하얀 새끼 돼지는 열이 오르는지 불그스름한 작은 몸을 오르락내리락거리며 불쌍하고 애처롭게 꿀꿀거린다.

팔짱을 끼고 내려다보던 분이 엄마가 "에이그. 못 살겠구먼. 살긴 글렀소." 한다.

기적적으로 살아난 새끼 돼지가 머리에서부터 뼘으로 다섯 뼘이 됐을 때 갑자기 죽었다.

후에 안 일이지만 찬이가 이소니찌드 한 줌에 밥을 싸 돼지우리에 던져 넣은 것이다.

곤히 자고 있던 돼지가 웬 떡이냐 하고 넓적 받아 통째로 씹어 삼켰는데 그날 밤 열이 오르고 거품을 물더니 죽었다.

쌍가매는 흥, 하고 콧방귀를 뀌더니 "옛날 말이 그른데 없어. 길러 준 개가 발꿈치를 문다더니…." 하였다.

배수리 공장에서 일하기 싫어하는 분이 아버지는 당원이 되지 못했다. 그런데 당비서인 은주 아버지가 친히 입당 보증을 서주었고 당에 입당시켰다.

그러니 정치적 생명의 은인인 것이다.

쌍가매의 말은 일리가 있었다.

자정이 지났어도 분이는 잠이 오지 않는다.

벽시계가 땡- 하고 하나를 치고 땡- 땡- 두 개를 치는데 하얀 밤을 뜬눈으로 새우며 한 가지 생각에 몰두해 있다.

며칠 전, 우레가 울고 번개가 치며 억수로 비가 쏟아지던 어두워진 저녁이었다.

쨍가당- 돌멩이가 날아들며 "혁명력사 연구실" 유리창이 박살 났다.

어두운 비속을 가르며 날아든 돌멩이는 하얀 석고상 머리를 명중했다.

끼르룩, 끼르룩…… 기러기 울음소리가 작게 들려온다.

산기슭 다락밭 여기저기에 파랗게 돋아나는 달래를 캐던 순희가 고개를 쳐들고 봄 안개 희뿌옇게 흘러가는 잿빛 하늘을 바라보면서…. 성주야. 저것 봐. 기러기들이 참 많아…… 한다.

작은 바구니를 옆에 낀 성주가 순희가 가리키는 하늘가를 바라보는데 하얀 안갯속에 가려진 기러기들이 가지런히 줄을 지어 앞서거니 뒤서거니 쉼 없이 날고 있다.

……저 기러기들은 어데로 갈까? 따뜻한 남쪽나라로 가는 걸까? 저것 봐. 한 마리가 무리에서 아득히 뒤처져 날고 있어. 새끼인가 봐. 불쌍해……

순희는 머리를 쳐들고 깊은 생각에 잠겨 봄 안개 흐르는 하늘가를 바라보고 섰다.

붕- 붕- 쉼 없이 흘러가는 희뿌연 안갯속에 등대 고동소리가 길게 들려온다.

…….순희야. 이것 봐. 돼지 무야. 히야, 정말 크다….

성주는 파란 달래가 반쯤 담긴 작은 바구니를 옆에 놓고 나무 꼬챙이로 눈이 녹은 양지쪽에 발그스름하게 잎새를 피우며 돋아난 돼지 무를 파 들었다.

……어디 보자. 정말 크구나….

성큼 다가선 순희에게 성주는 돼지 무를 치맛자락에 썩썩 문지르더니 반을 잘라…. 어서 먹어…하며 내민다.

작은 입안에서 까드득, 까드득 소리 내며 씹히는 돼지 무는 정말 달고 맛있다.

산기슭 양지쪽 밭머리에 서있는 네근도 나무에 물이 오르며 아지마다 연두빛 새싹이 움트는데 나무는 두꺼운 껍질 틈새로 달콤한 수액을 뿜어낸다.

순희는 아름드리나무를 끌어안고 흘러내리는 달콤한 수액을 빨아먹으며… 성주야. 너도 입을 대고 먹어 봐. 정말 달아…. 한다.

혹독한 북방의 긴긴 겨울을 이겨낸 진달래는 찬바람 눈 속에서도 어김없이 꽃을 피웠다.

순희는 양지쪽 다복솔 푸른 전호가에 연분홍 꽃망울을 터친 진달래 꽃잎을 한 송이, 한 송이 따더니 입에 넣고 오물오물 씹어 삼킨다. 성주한테도 샐쭉 웃으며 꽃송이를 내밀며…. 어서 먹어. 달아… 한다.

새콤달콤한 소나무 순을 뜯어 입에 넣던 순희는 그리 높지 않은 벼랑 턱으로 다가가더니… 성주야. 이 돌 좀 봐. 기름 돌이야. 캐서 사탕처럼 빨아먹으면 고소해… 한다.

순희 말대로 벼랑 턱 돌들은 전부 노란 돌들이다.

성주는 전호가에서 주먹보다 조금 큰 뾰족한 돌을 집어 들더니 벼랑 턱에 붙어 있는 노란 기름돌을 향해 탁탁 내리친다.

그러자 사탕만큼씩 한 노란 돌조각들이 몇 개 떨어진다.

순희는 제꺽 집어 입에 넣고 쪽쪽 빤다.

성주는 정말로 순희가 말한 것처럼 고소한 기름돌인가 하여 순희처럼 땅에 떨어진 작은 기름돌 하나를 집어 입에 넣었다.

그리고 고소함을 음미하려는 듯 쪽쪽 빤다.

그런데 순희 말대로라면 분명 고소한 콩기름 돌이어야 하는데 아무 맛도 없는 차갑고 딱딱한 돌이다.

성주는 순희처럼 쪽쪽, 연신 입안에 넣은 기름돌을 빨며 머리를 돌려 순희를 바라본다.

순희는 오래 빨면 바라고 바라는 고소한 맛이 나리라는 것을 확신이나 하는 것처럼 계속 입술을 오물거리며 빨아댄다.

성주도 따라 한다.

그런데 빨면 빨수록 더 안타깝고 뱃속에서 꼬르륵- 소리가 나며 더 못 견디게 허기지다.

회색빛 몸뚱이에 부리가 작고 머리 부분이 하얀 작은 박새 한 마리가 날아와 나뭇가지에 앉으며 짹짹 거린다.

…얘. 너희들은 한심하구나. 그 돌조각을 왜 빨아먹니? …

어느새 한 마리가 또다시 날아와 곁에 앉더니

…얘. 그 돌은 기름돌이 아니야. 콩기름처럼 노랗다고 고소한 기름이 배나는 줄 아니? 너희들은 참 어리석구나….

하는 듯 짹짹 거린다.

한참을 짹짹거리며 약 올리더니 한 마리는 푸드득- 날아가 버린다.

조금 지나 그 날아오른 녀석이 입에 작은 벌레를 물고 벼랑 턱 작은 틈새 앞, 툭 불거져 나온 돌부리에 앉아 경계하는 듯 꼬리를 달싹 거린다.

그대로 나뭇가지에 앉아 있는 녀석은 순희와 성주를 멀리 쫓아 버리려는 듯 꼬리를 달싹이며 더 크게 짹짹 거린다.

입안에 넣은 기름돌을 퉤- 하고 뱉어 낸 순희가……성주야. 우리 저 밉살스러운 새들을 혼내주자…… 하더니 조금 높은, 삐죽 도드라진 돌출부에 벌레를 물고 앉아 짹짹 거리는, 그 작은 틈새가 있는 벼랑 턱으로 기어오른다.

성주가 발을 동동 구르며 …순희야. 그러다 떨어지면 어떡해?…. 나 무서워. 내려와. 어서 내려오란 말이야… 하고 소리치는데 나뭇가지에 앉아 아이들을 쫓아버리려는 듯 짹짹 울던 박새가 푸드득 날아오르더니 둥지인 듯한 작은 틈새 가까이로 기어오르는 순희 머리우를 맴돌며 쉼 없이 짹짹짹… 더 크게 울어댄다.

순희가 벼랑 턱에 바싹 몸을 밀착시키고 작은 틈새 가까이까지 올랐을 때 벌레를 물고 있던 어미 새가 놀라 파다닥 날아오르고 어느새 순희는 작은 틈새에 작은 손을 오므려 넣고 털이 뽀수숭한 작은 새끼 한 마리를 끄집어냈다.

…순희야. 불쌍해. 도루 넣어줘. 어서……

쳐다보며 성주가 소리치는데 어미 새들은 새끼를 손에 들고 벼랑 턱에 매달려있는 순희 머리우를 맴돌며 더 크게 울부짖는다.

진달래 꽃잎이 지고 산기슭에 연분홍 철쭉꽃이 피어나고 노란 소나무 꽃가루가 날려 바다 수면을 노랗게 물들이더니 어느덧 매미가 우는 여름이 왔다.

찬란한 햇빛이 동산 가득 비춰오고 온갖 꽃 피어나 만발한데 순희는 성주를 소리쳐 부른다.

…성주야. 우리 새나루로 가자. 우리 아버지가 새벽 일찍 쪽배를 타고 바다로 나가셨는데 오늘은 고기를 많이 잡아 올 거야…

두 아이는 손잡고 바닷가로 향하며 참새처럼 끝없이 재잘거린다.

…글쎄 말이야. 내말 좀 들어 봐. 저번 날 평양에서 높은 당 간부가 온천 치료를 받으러 주을에 요양을 왔대. 그런데 그분이 낚시를 잘하나 봐. 그래서 시에서 낚시 경연 대회를 조직했대. 그 높은 당 간부를 위한 배려였겠지. 그분이 1등을 할 건 뻔한 거고, 그래서 그 높은 당 간부를 기쁘게 해 주려고 조직한 경연 대회였어. 그런데 그날 우리 아버지가 열기 125킬로그램을 잡고 그 간부가 110킬로그램을 잡았다나…. 그러니 당연히 우리 아버지가 1등이었고 그분이 2등인 거지. 그런데 우리 아버지가 양보를 하여 그분이 1등으로 되었고 우리 아버지가 2등으로 됐어. 그날 아버지는 선물을 한 꾸러미 안고 오셨거든. 우리 아버지가 그 간부에게 1등을 양보하지 않으셨더라면, 그래서 1등이었다면 더 많은 선물을 타오셨을 거야….

순희의 말은 맞는 말이다.

순희 아버지는 낚시질을 잘하여 온 공장에 소문이 자자하였다.

순희 아버지가 잡아오는 물고기로는 배수리 공장 노동자들에게 구내 식당에서 국을 끓여 대접한다.

어느 날엔 가는 40킬로그램이 넘는 문어를 잡았었고 또 어느 날엔 가는 30킬로그램이 넘는 대구와 70킬로그램 나가는 대구를 잡았었다. 호수처럼 잔잔한 바다 수면에 햇빛이 반사되어 반짝이고 저 멀리 수평선이 파란 하늘과 닿아 있는데 머리우로 갈매기들이 깨욱 거리며 날아옌다.

정오가 되니 점심시간을 알리는 사이렌 소리가 길게 울리고 머리 우로 뜨거운 태양빛이 내리쬐는데 두 아이는 뜨겁게 달아오른 물역에 앉아 하염없이 먼바다를 바라보며 아버지가 노 젓는 쪽배가 돌아오기를 기다리고 또 기다린다.

조갑지를 만지작거리던 순희가 머리를 쳐들고… 성주야. 우리 저쪽에 가볼까? 저기 할매들이 오징어를 말리는 데 말이야…. 가면 오징어 한 마리 먹으라고 줄지도 몰라. 어서 가보자……. 하며 일어선다. 백사장 한켠에 길게 새끼줄이 늘어져있고 하얀 분이 오른 먹음직스런 오징어들이 바닷바람에 살랑살랑 흔들리며 뜨거운 태양빛에 잘 말려지고 있다.

두 아이는 용기를 내여 살금살금 신발을 손에 들고 해풍에 검게 그을린 불그스름한 주름투성이인 얼굴에 땀방울이 송골송골 맺힌 할매들이 쭈그리고 앉아 손바닥에 퉤- 퉤- 하고 침을 뱉어가며 발꿈치로 오징어 한쪽을 누르고 피리는 곁으로 다가가 두 무릎에 치맛자락을 덮으며 공손히 앉는다.

두 아이가 말린 오징어가 먹고 싶어 곁에 와 앉았다는 걸 알면서도 검은 뽀뿌링몸뻬에 헐렁한 흰 민소매 셔츠를 입은 할매들은 못 본척하며 밭이랑처럼 시커먼 발꿈치로 오징어 꼬리를 지그시 누르며 연신 오징어를 잡아당기며 늘이느라 여념이 없다.

한 시간이 지나고 두 시간이 지나도 할매들은 못 본 척한다.

순희와 성주는 다소곳이 머리를 숙이고 아무 말 없이 조갑지를 만지작거리며 …엣다. 어서 먹으렴……. 하고 하얀 분이 오른 먹음직스러운 오징어를 내밀며 선심 쓰기만을 기다리는데 사정없이 내리쬐는 뜨거운 볕에 시든 꽃처럼 쓰러질 것만 같다.

두 아이는 가끔씩 살그머니 머리를 쳐들고 할매들을 바라보고, 그다음 또 머리를 숙이고, 한참 후 다시 머리를 쳐들고 바람에 살랑이는 오징어를 바라보고 하는데 석양이 질 무렵까지도 감감 줄 기미가 보이지 않는다.

점심도 굶은 두 아이가 온종일 뜨겁게 내리쬐는 뙤약볕에 가마솥에 펄펄 끓는 시래기처럼 푹 데쳐진 것만 같이 죽이 됐는데 웅크리고 앉은, 깊이 숙인 머리가 점점 아래로 맥없이 떨어진다.

이때 키가 작고 땅딸막한 할매가 아이들 쪽으로 다가오더니

…엣다. 똑같이 노나 묵어라…. 하고 그중 제일 작은, 손바닥보다 조금 큰 오징어를 내민다.

순희는 엉거주춤 일어나며 두 손으로 덥석 받아든다.

두 아이는 머리를 쳐들고 샐쭉 웃으며 그렇게도 먹고 싶던 오징어

를 나눠 먹는다.

핏빛처럼 점점 붉게 타는 듯한 석양이 온통 바다를 붉게 물들이고 저 멀리 서쪽으로 보이는 관모봉 너머로 검붉은 노을이 지는데 멀리서 노 저어 들오는 쪽배가 보인다.

그 형체는 조금씩 가까워지면서 점점 더 선명해지는데 순희는 벌떡 일어서더니 …우리 아버지 배야. 저것 봐. 맞아…. 하며 …아버지- 하고 소리치며 바다를 향해 손을 흔든다.

쪽배는 조금씩 가까워지는데 아버지 배라며 그렇게 좋아하던 순희 얼굴이 갑자기 굳어진다.

가까이 다가온 쪽배는 아버지 배가 아닌 것이다.

석양이 완전히 질 무렵 순희 아버지는 맥없이 노 저어 물역에 배를 댄다. 그러면서 고래고래 소리 지른다.

……저년이 물역에 나왔으니 계기 새끼 한 마리 안 잡히지. 이년아. 얌전히 집에 처박혀 있을 것이지 뭣 하러 생전 안 나오던 물역으로 기발아 나왔느냐. 오늘 왜 계기 새끼 한 마리 안 잡히나 했더니 저 배라먹을 우거지년이 나왔으니 그랬지비…….

기다리던 아빠 배를 보고 좋아라 깡충 뛰던 순희는 아버지의 고함 소리에 놀라 조갑지만 만지작거린다.

순희 아버지가 물개를 잡았을 땐 길가에 코스모스가 피는 가을이었고 흰둥이가 새끼를 9마리 낳았을 땐 첫눈이 내리는 겨울이었다. 밤새 내린 함박눈에 마을 어귀, 연년새네 집이 무너졌을 때 겨울방학이 시작되었다.

……엄마. 나 겨울방학 동안 뭐해. 나 영주같이 라진 큰집에 놀러
갈 거야. 가게 해 줘…….

성주는 엄마에게 조른다.

영주가 4살이었고 성주가 7살 때였다.

할머니 회갑잔치여서 쌍가매는 문어며 이면수, 가자미, 송어, 말린
명태를 커다란 가마솥에 몇 차례 쪄내고 큰 보따리 몇 개를 꾸려 리어
카에 싣고 아이들을 데리고 역으로 향했다.

청진역에서 저녁 기차를 타고 라진역에 내렸을 때 큰아버지가 소
달구지에 이불을 깔고 역에 마중 나왔다.

그런데 얼마나 세찬 바람이 휘몰아치던지 소가 앞으로 전진하지
못했다. 큰아버지는 거칠고 두꺼운 군용 비옷을 뒤집어쓰고 소고삐를
잡고 이랴- 이랴- 하며 소를 모는데 세찬 바람에 황소가 머리를 쳐들
지 못하고 걷지를 못했다.

쌍가매와 아이들은 이불을 뒤집어쓰고 달구지 위에서 날려가지 않
게 서로를 껴안고, 윙- 윙- 소리 내며 부는 바람은 황소며 달구지를 통
째로 날려 보낼 것만 같았다.

라진 바람이 소머리를 깬다는 속설이 있었다.

그만큼 북변 땅 라진은 바람이 세차기로 유명한 곳이다.

성주는 그때 무섭던 생각이 또렷했다.

해방 전 지주 집이었던 사랑채까지 딸린 라진 큰집은 봄이면 처마

밑에 제비가 날아들고 가을이면 소 외양간 지붕이며 고간우에 하얀 박이며 빨간 떡호박이 주렁주렁 열렸었다.

긴긴밤 겨울이면 초저녁에 저녁을 먹고 늦은 밤 잠자리에 들기 전 꼭꼭 중식을 먹었다.

중식이래야 강냉이 꼬장떡이었다.

간식으로 강냉이도 튀겨먹고 감자죽이나마 배불리 먹을 수 있었다. 겨울방학 동안 라진 큰집에 보내달라며 엄마에게 조르는 성주 눈앞엔 그때 먹던 달콤한 떡호박이며 강냉이 꼬장떡이 눈앞에 어른거린다.

······엄마. 제발 가게 해 줘. 영주같이 가서 딱 며칠만 놀다 올게. 엄마. 보내주는 거지?······.

쌍가매는 어린 딸의 성화에 못 이겨 허락해 주었다.

큰아버지는 라진군 안주리 협동농장 관리 위원장이었다.

해마다 3월 5일은 토지개혁 법령 발표의 날이다.

해방이 되어 지주와 부농들의 땅을 몰수하여 농민들에게 무상으로 나누어준 날인데 명절이라 하여 휴일로 정했다.

봄비가 추적추적 내리는데 관리 위원장은 집에 농민들을 들이고 술을 마셨다. 그런데 그날 하필이면 농장소가 나무에 목이 감겨 죽었다. 농장소가 명절날 죽었는데 술추렴 했다는, 사상이 불온하다는 누명을 쓰고 관리위원장은 철직되었다.

그리하여 농장원으로 일하는 것이다.

며칠만 큰집에가 놀다 온다는 엄마의 허락을 받고 성주는 어린 영주를 데리고 집을 나섰다.

영주는 기차를 타고 큰집에 간다며, 좋아라 깡충깡충 뛰었다.

저녁 기차를 타고 라진역에 내렸을 땐 어두워진 밤이었다.

밤하늘에 총총한 차가운 별들을 쳐다보며 돌다리를 건너고, 인적이 없는 무서운 솔밭길을 지나고, 걷고 또 걸어 큰집에 도착해 겨우 대문을 밀고 들어서니 큰아버지는 …왜 왔느냐. 엄마가 보내서 왔느냐. 아니면 너희끼리 몰래 왔느냐…. 하고 소리치며 애들을 방안에 들이지도 않고 선 자리에서 쫓아버렸다.

그 밤으로 돌아서서 기차를 타고 집에 들어섰을 땐 새벽 무렵이었는데 집에 들어선 두 아이의 양 볼이 빨갛게 얼었고 두 눈도 빨갛게 충혈됐다.

집에 들어서며 부엌켠에서서 씨물씨물 웃는데 쌍가매는 너무 기가 막혀 울면서 소리쳤다.

……싸다. 싸. 얼어 죽어두 싸다. 왜 그리 애미 말을 듣지 않느냐. 가지 말라는 데 기어코 가더니……싸다구…. 하며 소리친다.

훗날 쌍가매는 두고두고 옛말했다.

…글쎄. 그 추운 겨울밤에 큰집에 간다며 좋아라 나섰는데 그길로 밥도 안 먹여 쫓아내는 그런 인간이…. 그날 얼마나 날이 추었던지… 새벽녘에 집에 들어서는 애들이 글쎄, 두 손과 양 볼이 빨갛게 얼고 그 추위에 두 눈이 빨갛게 충혈됐지 뭐겠니…… 너희 큰아버진 그런 사람이었다. 한 뱃속에서 난 자식인데 어쩌면 그리도 네 아버지와 다

를까? 모색한 인간이었어……

기억을 하나하나 더듬으며 여기까지 썼을 때는 새날이 푸름푸름
밝을 무렵이었다.

머리가 쿡~ 쿡~ 쑤시는 것 같이 아프고 목이 떨어져 나갈 것만 같
은데 물을 끓여 커피를 타들었다.

그리고 작은 발코니에 나서서 창문을 열었다.

새벽바람이 훅~ 끼쳐 들어온다.

어슴푸레 밝아오는 여명 속에 눈앞에 성곽이 보이고 저 멀리로는
남산타워가 보인다.

벼랑 턱 숲에서 잠을 깬 참새들이 짹짹 거린다.

손에 든 따끈한 커피를 한 모금 마신 다음 생각했다.

"며칠 좀 쉬어야 해. 여행을 다녀와야겠어. 남해로."

남해에 도착한 것은 정오 무렵이었다.

3월 중순인데도 동백꽃이 피어나고 진달래가 피었다.

난 남해 바닷물에 얼굴을 씻었다.

날이 어두워져 불빛이 밤바다에 비춰드는데 홀로 선창가에 앉아
한 잔, 두 잔, 술잔을 기울인다.

그런데 불현듯 옥주 언니의 웃는 모습이 눈앞에 보이는 것이다.

그 모습이 더 선명하게 불빛이 출렁이는 밤바다에 아롱거리는데 난 그만 왈칵 눈물이 쏟아졌다.

"옥주 언니." 하고 작게 불러보았다.

그런데 대답이 없다.

그저 눈앞에서 활짝 웃고만 섰다.

또 한 잔을 들이켰다.

머리가 조금 어질어질하다.

그런데 왜 그리도 보고 싶을까?

"언니, 언니야." 내 얼굴에서는 눈물이 하염없이 흘러내린다.

한번만이라도 봤으면, 한번만이라도 그 목소리를 들어봤으면. 언니, 불쌍한 옥주 언니. 너무 보고 싶어. 가엾은 우리 언니.

나는 핸드폰을 꺼내어 들었다.

그리고 번호를 마구 눌렀다.

"여보세요? 여보세요? 아, 아가씨. 지금 몇 신데?" 저편에서 들려오는 잠꼬대 같은 목소리다.

"아가씨. 지금 거기 어디예요? 또 술을 마셨나요?"

"바꿔주세요. 오빠를 바꿔주세요. 깨우란 말이에요. 어서요."

난 전화기에 대고 소리쳤다.

좀 지나 길게 하품을 하며 들려오는 오빠 목소리다.

"성주야. 지금 몇 신데 전화하는 거야? 잠도 자지 않고….

조금 있으면 날이 밝는단 말이다. 온밤 술 마신 거야?

거기 어딘데? 어디냐구? 지금 울고 있는 거야? 우리 예쁜 아가씨 왜 이럴까? 어린애처럼. 또 무슨 일인데? 말해야 알지. 무슨 일 있는 거야?"

난 오빠의 말이 끝나기도 전에

"오빠, 오빠." 하고는

"옥주 언니가, 옥주 언니가." 하고 목 놓아 운다.

"옥주 언니가 불쌍해. 불쌍해. 오빠는 잠이 와? 잠이 오냐 말이야.

자기만 행복하면 다인 거야? 그런 거야?

난 가슴이 미어져, 가슴이 아파 쓰러질 것만 같은데 오빤 잠이 오냐구. 잠이 오냐 말이야."

난 핸드폰을 꺼버리고 목 놓아 울었다.

띠리링~ 띠리링~ 계속 신호음이 울린다.

띠리링~ 띠리링~

6장
생의 아픔

5교시는 수학시간이다.

해가 떨어진 마지막 수업은 언제나 교실 안이 어둡다.

매일 어김없이 정전이 되기 때문이다.

때문에 마지막 수업진행은 못하고 복습 아니면 선생님한테 재미나는 이야기를 해달라며 졸라댄다.

어두운 교실에 들어선 선생님에게 명희가

"선생님. 군복무 시절에 있었던 재미나는 이야기 들려주세요." 하는데 뒷자리에 앉은 영애가

"선생님께서 아버지 원수님 만나 뵙던 이야기 들려주세요." 한다.

일제히 여기저기에서

"들려주세요. 들려주세요." 하며 목소리를 높인다.

천천히 창가 쪽으로 다가가 어두워지고 있는 교정을 한참 바라보

고 섰던 선생님은 천천히 돌아서더니 그날의 감격이 눈앞에 떠오른 듯 조용히 이야기를 시작하신다.

"맑은 시냇가에 버들꽃 피는 화창한 이른 봄날이었어.

그날 꿈결에도 그리던 경애하는 최고사령관 동지께서 우리 초소에 오셨지.

만세~! 만세~! 초병들은 더 가까이에서 뵙고 싶어 발돋움하며 목청껏 만세를 부르는데 난 선뜻 앞으로 다가설 수 없었어.

왜냐면 훈련 중 뜻하지 않은 사고로 온몸에 전신 화상을 입었는데 치료를 받고 회복됐지만 얼굴의 흉터는 심하게 남아 있었거든.

차에서 내리신 최고사령관 동지께서 환하게 인자한 미소를 지으시고 목청껏 만세를 부르는 초병들의 두 손을 일일이 뜨겁게 잡아주시는데 난 맨 뒷자리에서 얼굴을 숨기고 안타까이 발만 동동 굴렀지. 심하게 일그러진 얼굴을 사령관 동지께 보이고 싶지 않았기 때문이야. 최고사령관 동지께서 보시면 염려하실 거야.

이렇게 생각했어. 한 명 한 명 초병들의 두 손을 잡아주시던 그이께서는 맨 뒷자리에서 얼굴을 숨긴 채 머뭇거리고 있는 저한테 눈길을 보내시더니 저 동무는 왜 맨 뒷자리에 숨어 있느냐 하시며 가까이 다가오시는 게 아니겠어.

가슴은 세차게 고동치는데 어느새 내 앞에 다가오신 그이께서는 옆의 지휘관 동지께 이 동무가 왜 얼굴이 이렇게 됐습니까? 하시며 안

색을 흐리시었어.

지휘관 동지로부터 자세한 이야기를 들으신 최고사령관 동지께서는 덥석 나의 두 손을 잡으시더니

"우리 이 어린 전사 동무의 얼굴을 세상에서 제일 고운 모습으로 만들어 줍시다.

평양의 유능한 병원으로 보내어 말입니다.

무엇과도 바꿀 수 없는 귀중한 우리의 병사들이 아니요."라고 말씀하시었어.

난 솟구치는 뜨거운 눈물을 참을 수 없어 최고사령관 동지의 넓은 품에 얼굴을 묻고 흐느껴 울고 말았단다.

우리들의 두 손을 일일이 잡아주신 그이께서는 귀중한 우리 초병들과 기념사진을 함께 찍자 하시며 친히 저를 곁에 세워주시는 게 아니겠어.

진달래꽃 웃는 마당가에서 그렇게 꿈결에도 그리던 최고사령관 동지를 곁에 모시고 함께 사진을 찍는 내 마음은 세상에서 가장 행복한 것만 같았고,

우리 초병들은 세상에서 제일 행복한 초병들이었어.

중대의 사격장과 병실, 그리고 식당까지 일일이 돌아보신 그이께서는 우리들의 격술 훈련을 보아주신 다음 저녁 시간에는 초병들이 준비한 소박한 예술 공연도 보아주셨지.

합창과 중창, 북 제창에 이어 내 차례가 되었어.

울렁이는 가슴을 안고 최고사령관 동지 앞에 섰는데 그이께서는 환하게 웃으시더니

박경희 동무구만. 하시며 기뻐해 주셨어.

변변치 못한 내 노래가 끝났을 때는 크게 박수 쳐 주시며 노래를 참 잘하구만. 하시며 이다음 제대되면 무엇을 하고 싶으냐고 물으셨어.

난 선생님이 되어 아이들을 가르치고 싶다고 말씀 올렸지.

그이께서는 대견하게 바라보시더니 장하다며 치하해 주셨어.

그 후 난 최고사령관 동지의 크나큰 배려로 평양의 유능한 병원에서 이렇게 제 모습을 찾을 수 있었고, 경애하는 최고사령관 동지께서는 나의 아버지도, 어머니도 해줄 수 없었던 가장 큰 사랑과 은혜를 베풀어 주셨지.”

어두워서 잘 보이지는 않지만 창가에 비춰드는 희미한 빛 속에 선생님의 눈가에는 방울방울 이슬이 맺힌 것 같았다.

“선생님. 아버지 원수님 앞에서 부르셨던 그 노래를 좀 불러주세요.” 누군가 소리쳤고

여기저기서 숨죽이고 있던 아이들이

“불러주세요. 선생님, 불러주세요.” 하는데

아이들은 온 교실이 떠나갈 듯

“나오면 대장부. 안 나오면 졸장부” 하며 박수를 친다.

선생님은 한 손으로 교탁을 짚으시고 바른 손은 앞섶에 올리시고

조용히 노래를 부르신다.

진달래꽃 붉게 피는 따사로운 봄날에
여성중대 찾아오신 어버이 수령님.
친딸처럼 나의 손목 잡아주시는
그 사랑이 햇빛보다 따뜻합니다.
아 그이는 우리 어버이
우리들은 수령님의 딸이랍니다.

그날 밤 옥주는 학교에 찾아오신 아버지 원수님을 만나 뵙는 꿈을
꾸었다.

중학교 졸업을 앞둔 옥주는 이렇게 말했다.

"난 엄마와 언니들처럼, 그렇게 조선시대 여인들처럼 고리타분하
게 살지 않을 거야.

그런 케케묵은 사랑 같은 건 안 한다구.

시집을 가 남편을 섬기고 가정에 파묻히고 애기를 낳아 키우고, 난
그런 거 질색이라구. 평생 독신으로 살 거야.

시집은 왜 가? 군에 입대하겠어.

평생 손에 총을 잡고 당과 조국을 위하여 한생을 바치겠어.

여성 장군이 되겠어.

그것이 나의 꿈이고 행복이야.

그 길에서 삶의 기쁨도, 보람도, 영예도 찾겠어.

『당의 참된 딸』의 주인공 강 연옥처럼 그런 삶을 살겠어."

그리하여 옥주는 군복을 입고 초소로 떠나갔다.

네 해가 흘렀다.

또다시 초소에 봄이 왔다.

"정치 지도원 동지, 연대 참모 동지의 전화입니다.

새로 부임돼오는 중대장 동지가 곧 도착한답니다."

직일병이 소리친다.

병영 가장자리에 높이 둘러선 백양나무에서 까치가 깍~ 깍~ 거린다.

맑은 하늘에는 뭉게구름이 떠가고 연분홍 진달래가 봄바람에 하늘 거린다.

취사실 쪽에서는 칼도마 소리가 고르롭게 들려오고 고소한 콩기름 냄새가 풍기는데 정치 지도원이 식당 쪽에 대고 소리친다.

"취사병, 식사 준비 다 된 거지. 한상 푸짐히 차려야 해. 알았어? 금 방 도착한다는 전화야."

취사병이

"예, 정치 지도원 동지. 알겠습니다. 걱정 마십시오." 하는데 공원 벤치에서는 병사들이 이야기꽃을 피우느라 여념이 없다.

"글쎄 말이야. 76년도 입대생이고 나이는 23살인데 그렇게 미인이 래. 사단 목란꽃 소대 출신인데, 강건군관학교 단기반을 졸업하고 우 리 고사포 중대장으로 발령 났다는 거야.

100미터 거리에 목표물을 세워놓고 단도를 던지면 어김없이 가슴 팍에 명중한대.

더욱이 목표물을 등지고 섰다가 순식간에 획~ 돌며 던지는 동작은 감탄을 자아낸다는 거야.

그리고 사격, 격술, 수영뿐만 아니라 기차와 비행기, 탱크, 포차도 운전하고 조종한대.

또한 무대에서는 노래, 화술뿐만 아니라 손풍금도 멋지게 연주한대."

어떤 계기로 하여 새로 부임돼온 중대장을 온 사단이 다 알게 되었다.

4월 25일. 인민군 창건기념일을 맞으며 사단적으로 진행된 합창경 연 때였다.

"꼭 1등을 해야 합니다. 최고사령관 동지께서 몸소 다녀가신 중대, 사단에 몇 안 되는 3중 붉은기 중대가 아닙니까?" 중대장의 말이었다.

그런데 사실은 1등 하기란 쉽지 않았고 불 보듯 뻔한 일이었다.

왜냐면 해마다 사단적으로 구분대별 합창경연대회가 진행됐는데, 매번 85연대 발사관중대가 1등을 차지했다.

발사관중대에는 평양음악무용대학 출신인 화력부 중대장이 있었 는데 120명 인원수인 그 중대는 무대에 서면 완전히 전문예술단체인 인민군협주단 남성합창단을 연상케 했다.

합창단 앞에 기악조가 배열해 앉았는데 손풍금수, 기타수, 바이올린, 드럼을 비롯해 악기들이 없는 게 없었다.

시작을 알리고 음악이 흐르는 가운데 설화시가 시작되고 장중한 합창이 울려 퍼지는데 지휘까지, 매번 1등을 놓치지 않았고 인민군 축전 때 평양 무대에도 선 중대였기 때문이다.

다른 군부대들은 기껏해야 손풍금 반주였다.

그러니 그 봄에도 1등은 발사관중대라고 생각했다.

옥주는 지난 전생 시기 불타는 고지에서 인민군용사들이 화선악기를 만들어 결전의 노래를 부르던 것처럼 우리도 그들처럼 화선악기를 만들자고 했다.

산에 올라 단단한 오동나무, 단풍나무를 베어다 기타, 바이올린, 해금통을 만들고 어렵게 소가죽을 구해다 북, 소고를 만들고 읍내농장 예술소 조원들을 찾아가 기타줄, 바이올린줄을 구해왔다.

그리고 각종 크고 작은 탄피(박격포, 기총탄, 중기관총)들을 모아다 탄피금을 만들었다.

반짝반짝 구릿빛 도는 그 탄피들을 크기별로 가는 줄에 매달고 평양학생소년궁전 무대에선 목금수가 재치 있게 목금을 두드리는 것처럼 가는 두 개의 장고채로 두드리면 청아한 철금소리가 났다.

제일 큰 탄피는 도, 두 번째로 큰 탄피는 레, 제일 작은 중기관총 탄피는 높은 도 음을 아름다운 소리로 냈다.

196

그다음 병금을 만들었는데 사이다병에 물을 높낮이로 채우고 가는 실에 매달아 두드리면 "도 레 미 파 솔 라 시 도" 하고 맑고 고운 독특한 병금 소리가 났다.

중대는 그렇게 만든 화선악기로 밤낮을 이어가며 연습했다.

드디어 기다리고 기다리던 사단무대에 서는 날이 왔다.

영롱한 불빛 속에 무대에 막이 오르고, 잔잔한 음악이 흐르는데 합창대 앞으로 서서히 나서며 중대장의 설화시가 시작된다.

　　　가없는 하늘가에 꽃구름 피어나고
　　　백화만발한 꽃들은 설렙니다.
　　　……

　　　4월의 이 아침,
　　　우리 일당백 초병들은
　　　삼가 충성의 노래를 드리옵니다.
　　　(합창이 시작된다.)
　　　아~ 주체의 찬란한 태양 아래
　　　초병들은 수령님께 인사를 드립니다.

2절 부분은 정치 지도원의 독창으로 시작된다.

첫 번째 곡이 끝나고 두 번째 곡은 『중대 화선악기 좋고 좋다.』란

곡이다.

높이 솟은 바위는 1등급 무대요.

배경에는 높이 솟은 산발이 좋구나.

무슨 격식 있으랴 중대오락회

흥겨운 춤 노래로 새 힘이 솟네.

어서어서 나오세요. 1소대의 하모니카

(하모니카수가 나서며 독주가 시작된다.)

어서어서 나오세요. 2소대의 새납중주

(새납중주조가 한 발 비껴 나서며 멋진 가락을 불어제친다.)

　

　그다음 탄피금, 병금, 북을 비롯한 화선악기들의 신나고 경쾌한 경음악이다.

　그해 봄 옥주네 중대는 발사관중대를 제치고 1등을 하여 온 사단을 감동시키고 흥분의 도가니 속으로 들끓게 하였다.

　그리고 군단합창대에 편입되어 18차 근무자축전인 평양 무대에 서게 되었다.

　

　

　평양의 김일성군사대학을 졸업하고 젊은 나이에 중좌계급을 단 전도유망한 연대참모 김성진은 보름간의 결혼휴가를 받고 고향으로 떠난다.

"참모 동지, 이번엔 꼭 색시감을 데려와야 합니다. 아시겠죠.

이번에도 허탕 치면 그땐 영영 이 분계연선 초소에서 노총각으로 청춘을 쓸쓸히 보내야 합니다."

같은 침실에서 생활하는 서기의 말이다.

서기가 말한 것처럼 이번 휴가까지 헛걸음하면 또 1년을 넘겨야 한다.

어떻게 된 건지 선을 볼 때마다 번번이 빗나갔다.

그것은 눈앞에 사단고사포 중대장인 옥주가 어른거리기 때문이다.

두 번째 휴가차까지도 혼자 몸으로 돌아서며 김성진은 굳게 다짐했다.

"백 번 찍어 안 넘어가는 나무가 없다고 했어. 기어이 꺾을 거야.

만약 안 되면 사단정치위원 동지를 만나 봬야지. 제가 감히 장군의 명령을 거역할려구."

겨울이 왔다.

그 겨울 김성진은 몸도 마음도 점점 지쳐갔다.

사랑이 그렇게 힘든 줄은 몰랐다.

어느 날 그는 여성고사포중대가 한눈에 내려다보이는 작은 능선에 올랐다.

운동장에서는 화력복무 훈련이 한창이다.

"중대, 차렷. 가운데로   .~ 중대장 동지. 중대는 화력복무훈련을 받기 위하여 정렬하였습니다.

직일관 중사 김○○"

처녀중대장은 한 손에 붉은 기를 들고 담찬 모습으로

"포수, 자기 위치로. 1포, 2포, 3포는 포진지로. 나머지 포들은 음폐부로" 하고 외치며 훈련을 지휘하고 있다.

그 외침소리는 바람에 실려 김성진의 귓가에 들려온다.

"야, 가시달린 꽃이 더 곱다더니…."

김성진은 안타까운 마음에 혼자 중얼거리며 발치에서 바람에 하늘거리는 풀대를 확 낚아채 입에 물고 잘근잘근 씹는데 어느새 서기가 곁에 와 섰다.

"참모 동지, 가시달린 꽃을 꺾으세요. 확 꺾으면 되지 않습니까?"

이 말에 김성진은 홱 돌아서며

"어떻게?" 하고 자기도 모르게 말해버렸다.

"그거야 간단하지요." 하며 서기는 씨물씨물 웃는다.

그런 다음 키가 큰 참모에게 매달리다시피 하며 귓속말로 소곤소곤하는 것이다.

까치 한 마리가 나뭇가지에 날아와 앉더니 다 들었다는 듯 깍~ 깍~거린다.

저녁점검이 끝나고

"중대, 취침시간." 하는 일직병의 외침소리가 병영에 울려 퍼진다.

일제히 중대는 불을 끄고 잠자리에 들었다.

불 꺼진 소대병실들을 한 바퀴 돌며 중대장은 어린 전사의 요포깃도 여며주고 방열판에 손을 짚고 온기도 가늠해 본다.

그런 다음 중대 정중앙, 교양실 앞에 직일탁을 놓고 긴장하게 근무를 서고 있는 직일병에게

"직일병, 긴장해야 해. 졸지 말고….." 한 다음

교양실 옆에 달린 중대부로 들어간다.

언제나 그러하듯이 겨울이면 한기가 느껴지는 침실이다.

옥주는 외투를 벗어 벽에 건 다음 하얀 시트가 깔린 침대에 털썩 주저앉았다.

하루 종일 야외에서 전술훈련을 지휘하고 나니 기력이 깡그리 소모된듯하다.

얼마나 소리쳤던지 목이 깔깔하다.

한쪽 손을 쳐들어 이마를 짚어본다.

조금 미열이 있는 듯하다.

그런 자기 모습이 맞은 편 벽에 걸린 전면 거울에 보인다.

거울에 비친 얼굴은 미열 탓인지 발그스레하다.

그리고 보니 요즘 얼마나 동기전투정치훈련에 몰입했던지 고향에 회답 편지 쓴다는 것도 깜박한 것이다.

옥주는 테이블 서랍을 열고 며칠 전 영주가 보내온 편지를 꺼내들었다.

집을 떠난 지도 몇 해였던가?

몰라보게 컸을 것이다. 집 생각이 날 때마다 머리를 절레절레 흔드는 옥주다.

그리고는 입술을 꼭 깨물며 생각지 말자고 다짐한다.

편지를 서랍에 집어넣고 반대편 서랍을 열었다.

그런데 또 다른 편지가 보인다.

중대장 연락병인 해연이가 넣어뒀을 게다.

지금까지 해연이가 넣어둔 편지는 보지 않았다.

왜냐면 보나마나 참모가 보낸 편지이기 때문이다.

지난봄이었다.

김성진은 두툼한 작품집 같은 걸 보내왔다.

백두산 천지에 올라 눈 속에 핀 노란 만병초와 들꽃을 꺾어 책갈피 속에 끼워 넣고 짤막짤막하게 적은 시 구절들과 편지글로 장식한 작품집이다.

그 희귀한 들꽃들은 수십 종이나 되었다.

해연이는 옥주가 무심하게 처박아둔 그 두툼한 작품집 같은 걸 보고 울었었다.

실컷 울고 나서는

"중대장 동지는 너무 하세요. 중대장 동지 심장은 냉돌바닥 같이 차갑네요. 참모 동지 심장은 이글거리는 불덩이 같구요." 했었다.

해연이는 말끝마다 이렇게 말한다.

"참모 동지는 너무 멋져요. 난 참모 동지 앞에 서면 몸 둘 바를 모르겠어요. 너무 가슴이 두근거려요."

벽에 걸린 시계가 벌써 자정을 알린다.

옥주는 "이 방에선 못 잘 것 같아." 하면서 자리에서 일어선다.

드문히 마음속이 허전하거나 잠이 오지 않을 땐 지휘소대 병실로 가 병사들 곁에서 함께 취침하는 중대장이다.

중대부를 나서며 중대장은 직일병에게

"난 지휘소대 병실에 가 잘 거야. 일직관에게 거기서 잔다고 말해." 한다.

캄캄한 밤하늘에는 은하수가 흐른다.

갓 입대한 어린 신입병사는 어깨총을 하고 차렷 자세로 보초근무를 서고 있다.

밤하늘의 별무리를 쳐다보며

"지금 몇 시나 되었을까?" 생각하는데 중대교양실 화구간 쪽에서 딱~ 하는 소리가 들린다.

흠칫 놀라며 잔뜩 긴장하여 어둠 속을 바라보며 촉각을 곤두세우는데 이번에는 반대편에서 또다시 더 크게 딱~ 하는 소리가 들린다.

보초병은 덜컥 겁이 난다.

"무슨 소리일까? 혹시 들고양이…?" 하는데

1소대 병실 쪽에서 쩽강~ 하는 그 무엇이 부딪히는 소리가 들린다.

보초병은 "누구야. 섯~" 하며 총을 내밀고 그쪽으로 다가간다.

중대장 연락병인 해연이의 잠자리는 1층 침대, 그러니까 출입문 쪽에서부터 맨 첫 자리다.

병사들에게는 백포 한 장, 요포 한 장씩 차례지는데 추운 겨울 그렇게 덮고 자려면 추워서 잠이 오지 않는다.

그리하여 두 명이 동침해 백포 두 장, 오포 두 장을 덮고 꼭 껴안고 잔다.

그러면 서로의 체온에 따뜻해지며 잠을 이룰 수 있다.

해연이가 보초를 교대하고 중대장 품속으로 쏙 들어가면 중대장은 어린 연락병을 꼭 껴안고 언 발을 따뜻하게 녹여준다.

자정이 지나 잠자리에 든 옥주는 온몸이 땅속 깊이 잦아드는 것만 같다.

하루 훈련에 지친 병사들의 코 고는 소리가 곁에서 들려온다.

그도 눕자마자 잠에 곯아떨어졌다.

얼마나 잠들었을까? 꿈속에 시커먼 독사가 자신의 온몸을 칭칭 감는 것이다.

옥주는 "어, 어," 하고 잠꼬대 같은 소리를 내뱉으며 옆으로 돌아누웠다.

그런데 보초근무를 교대한 해연이가 요포 속으로 파고드는 것이다.

옥주는 그러는 해연이를 꼭 껴안았다.

그리고는 또다시 깊은 잠에 빠져들었다.

땅~ 땅~ 벽에 걸린 시계가 두 점을 알리고 병실 바닥으로는 조명등 불빛이 희미하게 비친다.

또다시 꿈속에서 시커먼 뱀의 형상이 보이는데 옥주는 숨이 막힌다.

그러면서 온몸이 오싹 소름이 돋는 것 같고 무서움이 밀려온다.

옥주는 해연이를 꼭 껴안았다.

그런데 이상하다.

평소 같지 않게 해연이가 강한 힘으로 자신을 껴안는 것이다.

그리고 그 심장 박동소리가 쿵~ 쿵~ 크게 들린다.

그러면서 아랫배에 통증이 느껴진다.

옥주는 번쩍 눈을 떴다.

캄캄하다.

눈앞에 아무것도 보이지 않는다.

그리고 그 어떤 불길한 예감이 잠결에 머릿속을 스쳐 지나간다.

그렇게 생각할 땐 온몸이 무너진 뒤였다.

팔 하나 까딱할 수 없었고 높은 울림이 온몸에 전해지고 내뿜는 뜨거운 열기가 얼굴을 덮쳐올 때였다.

누구일까? 어떤 자식일까? 참모? 군의? 아니면…

옥주는 골똘히 생각하고 또 생각한다.

온 사단에 소문이 자자한 사건이 있었다.

사단직속 발사관중대 중대장이 결혼휴가를 받고 고향에 다녀왔는데 속전속결로 결혼식을 올리고 데려온 색시가 미인이었다.

어느 날 아침, 집을 나서며 중대장은

"오늘 저녁은 집에 들어올 수 없소. 당직이니 말이오. 문을 단단히 걸어 잠그고 자오." 했다.

어둠이 내리자 아내는 일찌감치 문을 걸어 잠그고 잠자리에 들었다.

병사들이 곤히 잠든 중대를 한 바퀴 돌아본 중대장은 군복을 벗어 창문 옆, 벽에 걸고 침대에 누웠다.

한여름이어서 열린 창문 너머로 중대장의 코 고는 소리가 들려온다.

직일관은 열린 창으로 손을 디밀어 벽에 걸린 중대장의 군복과 모자를 살그머니 벗겨냈다.

그리고 어깨에 별이 박힌 그 군복을 입고 군관모를 쓴 다음 컴컴한 운동장을 가로지르고 부업밭을 지나 군관사택으로 침입했다.

달빛이 희미한데 직일관은 바지주머니에서 열쇠를 꺼내들고 중대장의 집 안으로 들어선다.

중대장 아내가 잠결에 눈을 비스듬히 떠보니 당직이라던 신랑이 부엌문으로 들어서는 것이다.

달빛이 작은 창으로 비쳐드는데 모자며, 군복차림이며 분명히 남편이다.

아내는 "당직이라더니 웬일이세요?" 하며 돌아눕는데

신랑은 모자와 군복을 벗어 벽에 걸더니 곁에 와 눕는다.

그런데 왠지 그 동작이 서투르다.

아내는 손을 더듬어 머리를 만져보고 손을 만져보고 하는데

아니다.

분명히 신랑이 아닌 것이다.

"어떤 자식일까?" 생각하며 머리맡에 놓인 반짇고리를 끌어당겨 그 속에 든 가위를 꺼내들고는 구렁이같이 칭칭 감겨 헉헉거리는 직일관의 머리를 싹둑 잘랐다.

다음 날 아침 상학검열시간이어서 대열 앞에 나선 중대장은

"중대, 모자 벗엇~" 했다.

그런데 두 눈이 휘둥그레지고 말았다.

온 중대병사들의 머리가 모두 하나같이 가위로 싹둑 잘라져 있는 것이다.

새해가 밝아왔다.

설 명절날 아침 어찌나 눈이 많이 내렸던지 병영과 전호가에는 하얀 솜 이불을 펼쳐놓은 것만 같다.

정초가 지나니 사단지휘부에서 진행된 보름간의 강습이 끝났고 새해

전투정치훈련도 끝나가고 옥주는 조금 한가한 시간을 보내고 있었다.

"중대, 아침식사시간…" 하는 직일병의 외침소리가 병영에 울려 퍼지고 중대는 운동장에 모여 씩씩하게 노래 부르며 식당으로 향한다.

병사들의 뒤를 따라 맨 마지막으로 식당에 들어선 옥주는 해연이 옆자리에 앉았다.

전날 사단 냉동차가 오랜만에 냉동명태를 실어 왔고 식탁에 놓인 국그릇에는 먹음직스런 동탯국이 담겨져 있다.

병사들은 너도나도 "배식병, 여기 국물 더 주세요." 하며 맛있게 먹는다.

곁에 앉은 해연이가

"중대장 동지, 어서 드세요. 국물이 시원해요." 한다.

옥주는 뜨거운 국물 한 숟가락을 떠 입으로 가져간다.

순간 왝~ 하고 구역질이 나는 것이다.

동시에 왼손을 입으로 가져가는데 놀란 해연이가 밥술을 뜨다 말고 의아한 눈길로 바라본다.

옥주는 왜 이럴까? 하면서 다시 국물을 떠 입으로 가져가는데 이번에는 더 크게 왝~ 하고 헛구역질을 하는 것이다.

그 소리에 식탁에 앉은 온 중대병사들이 쳐다보고 돌아보고 바라보고 하는데 중대장은 한 손으로 입을 막고 밖으로 뛰쳐나간다.

바삐 세면장에 들어선 옥주는 물을 틀어놓고 입을 행구는데 해연이가 뒤따라 들어서며 잔뜩 긴장되고 근심 어린 눈길로

"중대장 동지, 일없습니까?" 하는 것이다.

옥주는 비스듬히 머리를 쳐들며

"일 없어. 별것 아니야. 어서 가서 식사해. 요즘 조금 피곤했나 봐."
하고 말하며 해연이를 안심시켰다.

"내 걱정은 말고 빨리 가서 식사하라니깐."

중대장의 조금 엄한 소리에 해연이는

"네" 하고 밖으로 나가버린다.

해연이가 나간 다음 옥주는 그 자리에 꿇어앉아 가만히 생각해 보
았다.

그런데 덜컥 겁이 나며 가슴이 뜨끔하는 것이다.

그러고 보니 새해 들어 한 번도 달거리를 하지 않았다.

그런 적이 한 번도 없었다.

그것은 비가 오나 눈이 오나 바람이 부나 어김없이 찾아왔었다.

옥주는 두 손을 꼭 모아 쥐고 "어머나, 어떻게 해." 하고 작게 부르
짖었다.

또다시 봄이 왔다.

밤은 깊어 가는데 옥주는 잠들 수 없다.

그 잠 못 이루는 밤, 세면장으로 달려갔다.

컴컴한 세면장에 들어선 옥주는 빨랫비누를 양손에 모아들고 눈을

꾹 감고 잘근잘근 씹어 삼킨다.

그러고는 왝~ 왝~ 하고 토해버린다.

비틀거리며 세면장에서 나온 옥주는 캄캄한 포진지를 지나 감시소로 오르는 계단을 한참 걸어 오른다.

그러고는 심호흡을 크게 한 다음 돌계단을 데굴데굴 굴렀다.

그렇게 굴러떨어져 희미하게 눈을 떠보면 아득한 밤하늘에 별들이 반짝인다.

옥주는 입술을 깨물며 붕대로 불러오는 배를 칭칭 동여맨다.

어느 날 옥주는 식당 옆을 지나는데 갑자기 엄마가 시원한 동치미 국물에 말아주던 그 옥수수 국수가 먹고 싶은 것이다.

옥주는 특무장을 소리쳐 불렀다.

"여, 특무장. 우리 옥수수 국수 없어? 옥수수 국수 해먹자. 시원한 김칫 국물에 말아서 말이야."

옥수수 국수가 다 됐을 때 옥주는 취사실에 뛰어들어 냄비에 말아 들고는 기다란 젓가락으로 후룩~ 후룩~ 먹어댄다.

특무장과 취사병은 그런 중대장을 바라보며 머리를 갸웃거린다.

옥주에게는 잔인한 여름이 가고 가혹한 가을이 왔다.

그 가을밤, 자정이 지났을 때 진통이 시작되는 것이다.

해연이는 중대장을 부축해 차 빠로크를 지나 아무도 얼씬거리지 않는 숲이 우거진 포탄 창고 콘크리트 철문을 열어젖혔다.

첫눈이 내릴 때 옥주는 제대명령서를 받아 안았다.

온 중대가 떠나는 중대장을 배웅하려고 운동장에 집합했다.

병사들의 눈길은 하나같이 중대부 쪽으로만 향해있다.

이제 새 군복으로 갈아입은 중대장이 문을 열고 나설 것이다.

드디어 중대부 문이 열리더니 배낭을 어깨에 메고 한 손에 드렁크를 든 해연이가 활짝 웃으며 대오 쪽을 향해 걸어 나온다.

그 뒤로 새 군복을 단정히 차려입은 중대장의 모습이 보인다.

그런데 놀랍게도 중대장은 애기를 포대기에 싸 업은 것이다.

처음에 병사들은 믿기지 않는 듯 의아한 눈길로 마주 보며 거짓말 같은 현실에 무척이나 놀라는 표정들이다.

38명의 제대군인 처녀들을 태우고 배웅을 받으며 사단 지휘부를 출발한 버스는 정오가 지날 무렵 굽이굽이 높은 철령을 돌고 돌아 오르고 있다.

"중대장 동지, 애기가 참모 동지를 꼭 빼닮았어요. 그렇지요?"

처녀들은 귀여운 애기를 안고 깔깔 웃으며 호들갑이다.

이때 제일 앞자리에 앉은 처녀가 정면으로 창밖을 내다보며

"저길 보세요. 저 맞은편 능선 말이에요.

어떤 군인이 손을 흔드는데요. 찻길로 달려 내려오는 것 같아요.

차를 세워 달라고 하는 것 같은데요.

혹시 참모 동지가 아닐까요?"

처녀들은 저마다 창가에 머리를 맞대고 가리키는 쪽을 내다본다.

"기사 동지, 일단 차를 세워 주세요.

계속 손을 흔들며 달려 내려오는데요."

옥주는 애기를 안고 머리를 숙여 창밖을 내다보며 생각했다.

"아닐 거야. 그인 지금 평양에 있어. 인민군 대회에 참가한 사람이 어떻게 올 수가 있겠어."

버스가 오르막길 막바지로 넘어서는데

"차를 세워주세요. 차를 세우란 말이요." 하는 외침 소리가 가까이 들려오더니 어느덧 두 팔을 활짝 벌린 군인이 차 앞을 가로막고 우뚝 섰다.

웃통을 벗어 한쪽 손에 들고 땀에 흠뻑 젖은 흰 셔츠는 갈기갈기 찢겼는데 팔소매를 걷어붙인 두 팔과 얼굴은 나뭇가지에 마구 긁혀 피투성이고 흙먼지에 엉킨 땀방울이 헝클어진 머리 밑으로 마구 흘러내린다.

김성진이다.

버스 문이 열리는 것과 동시에

"옥주, 우리 중대장이 어디 있어?" 하고 소리치며 그가 앞문으로 성큼 오른다.

애기를 안은 옥주는 자리에서 일어섰다.

씽~ 다가온 성진은 애기와 옥주를 한품에 와락 껴안는다.

그의 얼굴에선 땀방울인지 눈물방울인지 마구 흘러내린다.

"미안하오. 얼마나 힘들었소. 조금만 기다려주오. 내가 곧 뒤따라 갈 테요."

애기가 두 주먹을 꼭 쥐고 해죽해죽 웃으며 성진을 빤히 쳐다본다.

성진은 옥주 품에서 애기를 뺏어 안더니 높이 쳐들며 한 바퀴 빙그르 돈다.

그다음 꼭 껴안는다.

제대군인 처녀들은 우~ 하며 오래도록 박수를 쳐댄다.

가을이 가고 또다시 가을이 왔다.

"저렇게 찻길을 따라 빙빙 돌아 오르면 종일 걸리지만 가파른 경사 길이지만 이렇게 지름길로 걸으면 두어 시간이면 능선까지 오를 수 있어요.

저것 보세요. 아직 한참 더 올라야 하는데 신고산이 아득히 내려다 보이지요."

해연이의 말이다.

능선을 올랐을 때는 한낮의 태양이 뜨겁게 내리쬐는 정오가 지날 무렵이었다.

바람이 살랑살랑 불어오는데 신고산이 까마득히 내려다보인다.

"제대군인 처녀들을 태운 그 버스가 올라오던 길은 이쪽 반대 방향이에요.

참모 동지가 버스를 세운 자리는 저쪽 조금 아래쪽이구요.

그 버스는 180리 오르막길을 달려 여기까지 올라왔어요.

그러니깐 여기서 180리를 걸어 남쪽으로 내려가면 제대군인 처녀들을 태우고 출발한 사단 지휘부가 있는 회양군이에요.

조금 더 나가면 휴전선이구요.

참모 동지가 버스에서 내리고, 출발한 버스가 신고산 쪽으로 내려가다가 한 구비를 돌고 다시 급한 내리막 경사면을 돌 때 추락했어요."

능선에서 비포장도로를 따라 다시 버스가 추락한 지점으로 걸으며 해연이는 말한다.

"여기에요. 바로 이 지점에서 그렇게 됐어요.

저 아래 아득히 보이지요. 저것 보세요.

빨간 버스 잔해가 보이지 않나요. 너무나도 아득한 낭떠러지여서 버스 잔해를 끌어올리지 못한대요.

그래서 저렇게 방치해 있는 거예요."

나는 나무 사이로 아득히 내려다보이는 잔해가 있는 곳까지 내려가 보고 싶었다.

내가 급경사면을 내려서는데 해연이는 깜짝 놀라며

"안돼요. 못 내려갑니다. 큰일 날려구요." 하며

발을 동동 구른다.

난 해연이를 안심시킨 다음 자세를 바짝 낮추어 한 발짝, 한 발짝 온몸으로 조심스럽게 골짜기를 내려선다.

얼마나 시간이 걸렸을까?

드디어 잔해 옆에 다다랐다.

형체를 알아볼 수 없게 처참하게 구겨진 녹슨 잔해 곁에 이름 모를 들꽃들이 피어 바람에 외롭게, 무서움에 떨고 있는 듯하다.

나는 빨간 들꽃을 한 송이, 한 송이 꺾어들었다.

38송이다. 그리고 하얀 애기 들꽃을 꺾어들었다.

아득히 굴러떨어지며 뿔뿔이 흩어져 흩날린 꽃송이들…

"옥주 언니. 언니, 얼마나 무서웠어. 애기를 꼭 껴안았을 테지.

우리 언니, 불쌍한 우리 언니…."

난 그렇게 잔해를 붙들고 옥주 언니를 찾고 부르며 아득히 깊은 골짜기에서 목 놓아 울고 또 울었다.

7장
생이여, 아! 생이여

잠들었다 눈을 뜨니 집 안에는 뽀얀 김이 서려있다.

아궁이 앞에는 뻘건 불빛이 흔들리는데 가마솥에서는 하얀 김이 뿜어져 나온다.

희뿌연 창밖은 캄캄한데 날이 밝지 않은 새벽인 것 같기도 하고 어두워진 저녁인 것 같기도 하다.

얼굴이 부석부석 부어 두툼한 이불을 덮고 아랫목에 누워있는 엄마 곁에는 포대기에 꼭 싸여있는 갓난애기가 보인다.

난 조금 가까이 다가가 잠이 채 깨지 않은 두 눈을 비비며 찬찬히 보았다.

핏덩이 같은 빨간 얼굴에 두 눈을 꼭 감고 잠들어 있는 애기는 정말 작다.

난 애기의 작은 주먹을 꼭 감싸 쥐었다.

너무나도 깜찍하다.

까만 머리가 보드라운 정수리를 검지로 살랑살랑 누르니 말랑말랑하다.

나는 웃음이 나서 생긋 웃은 다음

"엄마. 애기를 엄마가 낳은 거야?" 하고 물었다.

그러자 엄마는 두 눈을 감은 채로

"다리 밑에서 주어왔단다." 하신다.

나는 그러는 엄마 말을 듣고 정말로 다리 밑에서 주어온 애기인 줄 알았다.

늦가을 햇빛이 집 안으로 비껴드는데 나는 포대기에 쌓인 애기를 안고 창가에 섰다.

작은 창으로는 마당가에 피어나는 가을국화가 보인다.

빨갛고 노랗고 하얀 국화꽃에는 벌들이 파고드는데 애기는 비춰드는 햇빛에 눈이 부셔 작은 눈꺼풀을 파르르 떤다.

가을 하늘은 파란데 엄마는 부뚜막에서

"성주야, 애기를 떨굴라." 하신다.

아장아장 걸음마를 떼고 엄마~ 하며 말을 떼기 시작하는 영주의 돌 잔치가 다가왔다.

엄마는 누룩을 담가 술을 뽑고 단오모시쌀로 떡을 한다.

기계 방앗간에 가 옥수수 국수를 뽑고 콩나물을 기르고 두부를 하고 수산물을 쪄 내고 산나물 채와 미역 채를 무친다.

돌 잔칫날 영주는 고운 색동저고리를 입고 큰상 앞에 어리둥절 앉았다.

"영주야, 깨꿍. 여기 봐. 우리 영주 뭘 줄까?"

앞에 놓인 큰상에는 공책이며 주산. 만년필. 돈. 쌀. 떡이 놓여있다.

영주는 해죽해죽 웃으며 만년필을 덥석 쥐었다.

순간 까르르~ 환호성이 터진다.

"우리 영주, 만년필을 쥔 거 보니 이다음 글을 잘 쓰고 공부를 잘하겠네."

어린 영주가 돌이 지났을 때 엄마가 감옥에 끌려갔다.

잠을 깨 돌아오지 않는 엄마를 찾고 부르며 영주는 울고 또 울었다.

엄마를 기다려 해가질 때면 매일과 같이 스피커에서는 어린이 방송시간을 알리는 방송원의 다정한 목소리가 들린다.

내가 입은 저고리 색동저고리

아롱다롱 무지개 정말 고와요.

공장에서 돌아오신 아빠 앞에서

당실당실 춤을 추면 나비 같아요.

어린이들의 낭랑한 노랫소리가 들리고 무엇이든지 척척 다 알아맞힌다는, 재미나는 이야기를 들려주는 척척 할아버지의 시간이다. ·

영주는 그 시간만큼은 울지 않고 척척 할아버지의 재미나는 이야기를 귀담아듣는다.

『그렇게 산더미처럼 쌓여있는 지주 집 양식 창고에서 쥐들은 마음
껏 배불리 먹으며 화목하게 지냈답니다.

그런데 어느 날 쥐들에게는 큰 걱정거리가 생겼어요.

왜냐면 평화롭던 동산에 위험이 닥친 거예요.

그것은 큰 어미 고양이가 나타나 형제들을 위협하니까요.

그래서 어느 날 쥐들은 다 함께 모여앉아 이 중대한 문제를 해결할
방도를 모색했어요.

엄마 쥐가 냉큼 쌀가마니 위에 뛰어오르더니 새끼 쥐들에게
"그래 어떻게 하면 좋겠느냐? 어떻게 하면 예전처럼 무섭고 사나운
고양이 놈이 없는 동산에서 맘껏 근심 걱정 없이 잘 살겠느냐 말이다.
지금부터 너희들은 한 가지씩 좋은 방도를 생각해 낼 거라." 하고 일
장연설을 늘어놓는데 새끼 쥐, 어미 쥐 할 것 없이 모두 머리를 깊이
처박고 골똘히 궁리하던 중 새끼 쥐 한 마리가 냉큼 머리를 쳐들더니
"한 가지 좋은 방법이 있습니다." 했고 모두 솔깃한 가운데 어미 쥐
가 "그래, 말해 보아라. 무엇이냐?" 했더니 앞발을 냉큼 쳐들며
"고양이 놈이 깊이 잠들었을 때 살그머니 다가가 목에 방울을 달아
놓는 겁니다.

그러면 고양이 놈이 우리를 해치려 다가올 때 목에 달아놓은 방울
이 딸랑거릴 게 아닙니까?

그럼 우리 형제들은 그 소리를 듣고 얼른 구멍으로 숨어들면 되지요." 했답니다.

그러자 어미 쥐는

"그것참 신통한 생각이구나.

그런데 누가 용감성을 발휘하여 고양이 놈 목에 방울을 달겠느냐?" 하는데 많은 쥐들은 너 나 할 것 없이 모두 머리를 깊이 처박고 냉큼 나서는 쥐가 없었어요.

쥐들은 어미 쥐가 자기를 시킬까 봐 점점 더 깊이 몸을 사리며 머리를 처박았지요.』

척척 할아버지의 재미나는 이야기 시간도 끝나고 해가 완전히 떨어져 창밖이 어두워지면 영주는 또다시 싸늘한 가마솥 뚜껑에 두 손을 올려놓고 기다림에 지쳐 울었다.

천정에서는 쥐들이 서로 쫓고 쫓기며 다급하게 찍~ 찍~ 거리는데 어둑어둑한 부엌 켠 물둥기 뒤에선 새끼 쥐가 빠끔히 머리를 내밀고 울고 있는 영주를 바라본다.

엄마가 아버지의 영정사진 앞에서 몸부림치며 오열하실 때 언니 등에 업혀 배고픔에 울다 지쳐 목소리가 모깃소리만 하던 영주 다. 너덜너덜 꿰진 옷에 발가락이 보이는 신발을 신고 먹지 못해 얼굴과 두 손이 뚱뚱 부어가지고도 언제 한번 배고프다는 투정 안 하던 막내다.

아버지가 돌아가신 그 해 가을이었다.

휴일이어서 엄마는 김장독을 모두 파내어 씻는다.

그런데 온전히 성한 독이 없다.

하나같이 금이 가고 덧바르고 하여 독들이 전부 상처투성이다.

엄마는 콩물을 내어 반죽한 시멘트로 금이 가고 깨진 독에 덧칠해 바르고 허리 펼 새도 없이 마당에 걸어놓은 큰 가마솥에 이불 홑청을 뜯어 양잿물에 펄펄 끓이며 삶는다.

돌이 지난 영주는 발발기다가 빨래 함지박 밑에 떨어진 사탕처럼 하얀 고체 양잿물을 집어 작은 입에 넣었다.

한쪽 작은 손에는 옥주 언니가 까르륵~ 웃으며 쥐어 준 빨갛고 하얀 코스모스가 쥐여져 있다.

으앙~ 자지러진 울음소리가 들리는데 엄마는 덥석 애기를 안았다.

"아이고, 애기가 양잿물을 먹었지비."

작은 목구멍으로 엄마 손가락이 꼬물거리고 쌀뜨물을 내어 작은 입으로 쏟아 넣는다.

"어떻게 하오"

또다시 엄마의 다급한 목소리가 들린다.

자지러지게 몸부림치며 죽어가는 어린 생명을 안고 엄마는 시병원으로 정신없이 달린다.

그리고 며칠 후, 살릴 수 없다며 아랫목에 눕혀졌다.

가랑가랑, 가랑가랑…… 작은 가슴이 가쁘게, 애처롭게 오르내린다.

너무나도 고통스러운 어린 생명이다.

채 감기지도 못한 작은 두 눈에는 까만 눈동자가 풀려 올라가고 하얀 흰자위만 어렴풋이 보인다.

작은 주먹이 꼭 쥐여졌다.

그날 까마귀가 살려냈다.

죽었다던 어린 핏덩이가 살아났다.

정오가 지났는데 까욱~ 까욱~ 공중에 새카맣게 까마귀들이 날아옌다.

내리꽂히고 오르고 하며 마을 상공이 시끄럽다.

순희 아버지가 양손에 까만 까마귀 새끼 두 마리를 들고 마을 어귀로 들어선다.

공중에 날아예며 순희 아버지를 따라오던 까마귀들은 연신 머리 위로 내리꽂힌다.

그리고 그 피를 받아먹었다.

그랬더니 죽었다던 애기가 살아났다.

하루하루 기력을 되찾고 숨도 고르게 쉬고 죽물도 받아먹는다.

영주가 커갈 때 순희 아버지는 "내가 너를 살렸어." 하고 늘 이야기 하셨다.

엄마는 퇴근하며 상가대에 올려진 목선 밑에 따닥따닥 붙어 있는 손톱눈만큼씩 한 작은 섭을 떼내어 한 다라 이고 오셨다.

큰 가마솥에 삶은 그 섭은 몹시도 기계기름 냄새가 났다.

하지만 식구들은 저녁밥상에 빙 둘러앉아 맛있게 까먹는데 영주는 작은 두 손으로 섶을 움켜쥐고 눈물이 가랑가랑 한 얼굴로 빤히 쳐다본다.

어느 날 엄마는 퇴근하면서 기름걸레 마대자루 속을 뒤져 영주에게 맞을 만한 작은 누더기 외투를 골라오셨다.

저녁에 온 식구가 둘러앉았는데 엄마는 영주에게 주어 오신 그 파란색 외투를 입히고는

"아이유, 우리 영주한테 꼭 맞네." 하신다.

영주는 어느 집 아이가 입다 버린 그 헌 옷을 입고 좋아라 해죽해죽 웃는다.

겨울이 왔다.

첫눈이 하늘하늘 내리는데 엄마는 부엌 켠에서 통강냉이 뒤 사발쇠 절구에 쏟아 넣고 쿵~ 쿵~ 찧는다.

부엌 아궁이에는 장작불길이 뻘겋게 타오르고 그 불빛이 송골송골 땀방울이 맺힌 엄마 얼굴을 어른거리며 비춰주는데 비장한 각오로 힘차게 절구 공을 오르내리며 쿵~ 쿵~ 찧는 엄마 얼굴은 분노와 결연한 의지가 어려 있는 듯하다.

"정신을 바짝 차리고 살아야 해. 이러다 다 굶어 죽어. 어떻게 하나 살아야 해."

엄마는 나지막이 내뱉으며 쿵~ 쿵~ 힘차게 절구 공을 오르내린다.

서산에 해가 지는데 가마솥에서는 통강냉이죽이 부글부글 끓어 번지고 까치가 오래도록 집 앞에서 깍~ 깍~ 거린다.

엄마는 국자로 펄펄 끓는 통강냉이죽을 휘휘 저으며

"저눔의 까치가 왜 저리 깍~ 깍~ 거리노.

저녁 까치가 울면 불길한 소식이 온다고 하는데." 하신다.

이때 문이 벌컥 열리며 은주 언니가 들어선다.

엄마는

"네가 어떻게⋯." 하는데

언니의 해쓱한 얼굴엔 근심과 걱정, 그리고 수심이 가득 담겨 있다.

"어머니, 소련이 붕괴됐대요. 동유럽 사회주의 국가들도 연이어 무너졌는데 로무니아 대통령은 성난 군중들이 올라탄 탱크에 깔려죽었대요.

그래서 소련과 각 나라 유학생들을 모두 철수시켰대요.

벌써 다 돌아왔구요."

언니의 말이 끝나기도 전에 엄마는

"그럼 네 오빠는 왜 돌아오지 않는다는 거냐.

어떻게 평양에 알아볼 수 없을까? 내일 당장 전보를 쳐볼까?" 하며 벌떡 일어선다.

창밖은 완전히 어두워졌고 개들이 컹컹 짖는다.

"일단 저녁부터 먹자. 성주야, 상을 놔라."

이때 정전이 되었다.

등잔불 밑에서 통강냉이죽을 금방 먹었을 때였다.

밖에서 개들이 요란스레 짖어댄다.

어두운 창에 헤드라이트 불빛이 번쩍인다.

차 엔진 소리가 어렴풋이 들려온다.

이때 쾅~ 쾅~ 쾅~ 하고 문을 두드림과 동시에 어둠 속에 형체모를 몇 몇 사람들이 부엌문으로 불쑥 들어선다.

찬장에 올려진 등잔 불빛이 가물가물 낯선 사람들의 얼굴을 비추는데 그 속에 제일 먼저 눈에 띄는 모습이 있다.

마을 담당 보위원이다.

"아들 이름이 김철주 맞습니까?"

엄마는 "네, 맞습니다." 하고 대답한다.

"당신 아들이 남조선으로 달아나 공화국을 헐뜯고 있습니다. 짐을 꾸리시오."

밖에서는 더 크게 개들이 짖어대는데 활짝 열린 문밖으로는 어둠 속에 흰 눈이 소리 없이 내리고 있다.

혹독한 그 겨울이 가고 어김없이 봄이 찾아왔다.

그리고 여름이 왔다.

눈 내리는 그 겨울밤.

홀몸으로 차 적재함에 올라 밤새 비포장도로 산길을 덜컥거리며 달린 차가 새벽에 멈춰 선 곳은 돌밖에 없는 심심산골 오지였다.

그 추운 새벽 우리는 협동농장 소 외양간 한쪽 구석 켠에 짐을 풀었다.

누렁이도 끙끙거리며 기어이 따라간다 하여 함께했다.

병풍처럼 둘러싸인 깊은 산골짜기에 어둠이 내리니 밤하늘엔 별들이 반짝이고 조각달이 검은 산등성이에 희미하게 걸려있다.

어둠 속에 가물가물 불빛들이 점점이 보이고 이따금 개들이 컹컹 짖어댄다.

소쩍- 소쩍 하는 소쩍새 울음소리가 처량하게 들려오고 산골짜기로 돌돌돌 소리 내며 흘러내리는 냇물에는 달빛이 어려있다.

쌍가매는 깜빡이는 등잔불을 돋워놓고 아랫목에서 곤히 자고 있는 영주의 작은 발에 미리 떠놓은 보선을 맞춰보고는 반짇고리를 끌어당겨 바느질을 하고 있다.

영주는 작은 손발이며 양 볼이 빨갛게 얼었다.

눈 내리는 겨울밤 통강냉이죽으로 끼니를 때웠을 때 어린 영주는 따끈한 아랫목에서 작은 누더기 이불을 덮고 잠들었었고 그때 보위부 요원들이 집에 들이닥쳤다.

눈을 떠보니 캄캄한 밤이었고 화물차 적재함 위였고 눈이 내렸다.

놀라 손등으로 두 눈을 비비며 한밤중에 어데 가느냐는 듯 어두워 보이지 않는 엄마 얼굴을 쳐다봤었다.

그렇게 비포장 산길로 덜컹거리며 차는 달리고 또 달렸다.

춥고 배고팠다.

엄마도 언니들도 말이 없었다.

그저 고요하기만 하였다.

누렁이는 흰 눈을 맞으며 무서움에 떠는 듯하였다.

희끄름하게 날이 밝을 무렵 하얗게 눈이 쌓인 어떤 산골짝 작은 부락에 들어섰고 마을 어귀, 소 우사막 귀퉁이에 짐을 내렸다.

휑하게 구멍이 뚫린 낮은 천정으로는 눈이 날려 들었고 희뿌연 하늘이 내다보였다.

썩은 판자를 얼기설기 덧대 막은 벽과 너덜너덜 떨어져 나간 문짝으로는 찬바람이 불어들었다.

부엌을 파고 가마솥을 건 그 소 외양간, 집 아닌 집에서 혹독한 그해 겨울을 이겨내야 했다.

그곳은 전기도 들어오지 않는 해발 팔백 미터, 한겨울에는 박달나무도 얼어 터진다는 이 나라의 북변 땅, 춥고 황량한 황치골이란 곳이었다.

앞을 봐도, 뒤를 봐도 하얗게 눈이 쌓인 설산이었고 돌산이었다.

…… 여긴 예로부터 돌밖에 없는 사람 못 살 척박한 땅이지… 그리하여 벽계리라 한다오…….

소우사막 황 노인의 말이었다.

작은 부엌에 웅크리고 앉아 솔가지로 불을 지피면 얇은 벽으로는 물방울이 줄줄 흘러내리고 얼어드는 두 손을 녹이려고 입에 대고 호-

불면 하얀 입김이 추운 방안에 하얗게 날렸다.

얼마나 추운 오막살이집이었으면 방안에 있어도 양 볼과 두 손이 빨갛게 얼었을까?⋯ 그렇게 영주는 혹독한 그해 겨울을 이겨냈다. 쌍가매가 가물거리는 등잔불을 또다시 돋워놓을 때 ⋯영주. 자느냐⋯ 하는 소리와 함께 부엌문이 빠끔히 열리며 손에 감자 그릇을 든 돌배나무집 서울 할매가 들어선다.

서울이 고향이어서 마을 사람들은 서울 할매라 부른다.

⋯산사람은 살기 마련이야. 산사람 입에 거미줄 쓰는 법은 없지. 죽은 사람만 불쌍하지⋯.

심심산골, 밤은 깊어 가는데 깜빡이는 등잔불 밑에서 늘 이렇게 이야기를 시작하는 할매의 옛말은 끝이 없다.

잠들 수 없는 깊은 밤, 하고 또한 이야기는, 듣고 또 들은 옛말은 마을 사람들이 귀에 못이 박히게 들어 무조건 암기해야 하는 수령님 어록처럼 훤히 꿰뚫고 있다.

그 하고 또한 이야기를 또다시 늘어놓는다.

⋯⋯전쟁이 끝났어도 의용군에 입대한 애 아빠는 돌아오지 않는 거야. 삼팔선이 가로막혀 그랬겠지.

어느 날, 난 애기를 포대기에 싸 업고 길을 떠났어.

하늘이 무너져도 어떻게 하나 애 아빠를 찾겠다고 결심한 거야.

어둠을 타 용케도 삼팔선을 넘었고 북으로, 북으로 걷고 또 걸었어. 애 아빠 사진을 품속에 간직하고 말이야.

걷다 어두워지면 저녁밥 짓는 연기가 가물가물 피어오르는 농가의 대문을 두드렸지. 하룻밤 묵게 해달라고 말이야.

그때면 품속에서 사진을 꺼내 들었어. 이 사람을 모르는가 하며…. 그렇게 어떻게 찾겠느냐며 혀를 찼지….

황해도 금천이란 곳을 지나 레성강을 건느고 연백벌을 지나고 사리원에 도착했을 땐 매미가 우는 여름이었지.

누더기 같은 포대기에 싸 업은 애기는 배고파 울고, 울다 지쳐 목소리가 모깃소리만한데, 혹독한 겨울을 이겨내고 평양에 도착했을 땐 대동강 변이며 모란봉에 꽃이 피고 능수버들이 연두색으로 휘늘어졌을 때야….

난 인민정부 청사에 찾아갔어.

사진을 내미니 며칠 후 다시 오라 하더군…. 다행히 찾았어. 죽은 줄만 알았던 애 아빠를 만난 거야. 그런데 그곳에서 결혼했더군. 딸까지 있었고… 삼팔선이 가로막혔으니 영영 만나지 못한다고 생각했겠지. 참 신기했어. 이름이 같은 거야… 내 딸 이름과 그쪽 딸 이름이…. 내 딸도 영아였고 그쪽 애기도 영아였어.

그 사람이 의용군에 입대한 다음 전쟁통에 애를 낳았는데 어떻게 이름을 똑같이 지었을까?….

그 사람은 대동교를 건너 선교리에 작은 학고방집을 마련해 주었어. 난 애기를 업고 시장통에 쪼그리고 앉아 장사를 했지.

사카린도 팔고 고춧가루와 휘발유도 몰래 넘겨받아 팔았어.

그런데 그렇게도 장사가 잘되는 거야. 내 옆에는 양언니라 부르는 옥색이 언니가 가판대를 놓고 앉았는데 사람들은 그 언니 건 사지 않고 내 것만 사는 거야.

난 그때 돈으로 양언니에게 삼천오백만 원을 빌려주고도 팔천만 원을 모았어.

그런데 어느 날 학고방집에 불이 났어.

빵 깡통에 넣은 휘발유를 몰래 넘겨받아 팔았는데 거기에 불찌가 튀면서 순식간에 불이 번진 거지.

갑자기 불길이 솟아오르는데 이불로 확 덮으니 이쪽으로 불길이 확 솟아나고 다시 불길이 타오르는 저쪽에다 이불을 확 덮으면 나시 저쪽으로 확 치솟고, 난 온몸으로 이불우에서 필사적으로 굴렀어. 자고 있던 딸을 이불에 싸 밖으로 던지고 궤짝에 감추어 두었던 돈 보따리를 밖으로 확 던져버리는데 삐라처럼 흩날리더라구. 삽시간에 학고방집은 온데간데없이 새카맣게 타버렸지.

날은 어두워지는데 앞이 캄캄했지.

그런데 그때 다섯 살이던 딸애가 부엌에 불을 지피고 밥을 하는 거야. 매끼 밥할 때마다 쌀 함박에서 비상용으로 한 숟가락씩 떠 단지에 넣고 부엌 바닥에 묻어둔 거지.

그 쪼끄만 게 말이야.

난 두 다리에 화상을 입고 입원치료를 받았지.

금방 일어섰어.

늦은 밤이었는데 어떤 해군 병사가 문을 두드렸지.

…이 집이 불이 난 집입니까?… 하면서. 그렇다고 하니 그 병사는 소련제 모직 외투와 사카린을 한 사발 정도 내 놓더라고. 그러면서 돈을 오백 원만 달라는 거야.

그때 당시 그 소련제 모직 외투는 엄청나게 비쌌어. 사카린도 그렇고. 그리하여 금방 일어섰지. 반년이 지난 후 난 학고방에 불이 났을 때 밖으로 내던졌던 돈 보따리 돈을 모두 찾았어.

마을의 동사무장 아바이가 흩어져 날리는 그 돈을 모두 주어 한 푼도 안 쓰고 고스란히 가져온 거야. 얼마나 고맙던지….

등잔 불빛이 가물가물 옛이야기하는 할매의 주름진 옆얼굴에 어른거린다.

밖에선 개 짖는 소리가 들린다.

부엌켠, 어두컴컴한 물독 뒤에서 어미 쥐가 빠끔히 머리를 내밀고 할매의 이야기를 듣고 싶다는 듯 작은 두 눈을 반짝인다.

천정에서는 쫓고 쫓기는 쥐들의 발자국소리가 요란하다.

할매는 쥐들의 뛰어다니는 발자국 소리가 요란한 천정을 멀뚱히 올려다 본 다음 …저눔 쥐들이 또다시 발작을 하는군…. 하고는 두 손을 쳐들어 입에 대고 나팔 모양을 만들더니 두 눈을 작게 감으며 야웅- 하고 고양이 소리를 낸다. 그러니 쥐들의 발자국 소리가 뚝 끊긴다.

쌍가매는 온밤 뜬눈으로 지새우다 새날이 푸름푸름 밝을 무렵 또다시 염소를 찾아 산으로 오른다.

날 밝을 무렵 우리를 나서 산으로 오르면 종일 풀을 뜯다 해 질 무렵이면 어김없이 집을 찾아오는 염소였다.

그런데 어둠이 내려 밤 깊도록 돌아오지 않는다.

동이 터 오르고 정오가 지났어도 이산 저산 찾고 부르며 온 산을 오르내린다.

해란아- 하고 부르면 어디에선가 음매- 하고 화답할 것만 같다.

산골짜기에 태양빛이 뜨겁게 내리쬐는데 고요하기만 하다.

…왜 이리도 고요할까?….

숲속에 그 많이 날아다니던 메뚜기들도, 새들도 보이지 않는다. …다 어데 갔을까?….

해가 떠오르면 어김없이 울던 뻐꾹새 소리도 감감하다.

작은 능선을 넘어 쌍가매는 또다시 해란아- 하고 부른 다음 맥없이 나무 등걸이에 털썩 주저앉는다.

발치에 개미들이 줄을 지어 어디론가 부지런히 이동하고 있다.

멍한 시선으로 길게 한 줄로 움직이는 개미들을 흐릿하게 내려다보는데 어디선가 음매- 하는 염소의 울음소리가 들린다.

쌍가매는 벌떡 일어나 소리 나는 쪽으로 머리를 돌리고 해란아- 하고 소리쳐 부른다.

그러자 음매- 하고 또다시 울음소리가 들린다.

쌍가매는 조금 경사진 구릉지 쪽으로 정신없이 달렸다.

가시나무 넝쿨을 마구 헤치고 내려서니 해란이가 주인을 바라보며 음매- 하고 우는데 가까이 다가가 보니 두 마리의 새끼를 낳았다. 쌍가매는 해란아- 하며 덥석 염소를 끌어안았다.

반갑다는 듯 어미 염소가 꼬리를 파다닥 흔들며 또다시 음매- 한다. 두 마리의 아기 염소를 양팔로 덥석 안아드니 어미 염소가 어서 집으로 가자는 듯 종종 따라선다.

…해란아. 그래서 집을 찾아오지 못했구나. 새끼를 낳아서…

쌍가매는 기쁨의 눈물을 흘릴 것만 같다.

그날은 일찍 저녁을 먹고 일찍 잠자리에 들었다.

얼마나 잠들었을까?…

꿈속에서인지, 잠결에서인지 꾸르륵~ 꾸르륵~ 그 무슨 돌이 굴러가는 소리가 계속 들린다.

비스듬히 눈을 떠보니 사위는 캄캄한데 창밖에서는 억수로 쏟아지는 빗소리가 들리고 앞 냇가에서 급물살에 돌이 굴러가는 소리였다.

재빨리 등잔불을 더듬어 켜고 보니 천정으로 빗물이 새들어 사방으로 떨어지는데 쌍가매는 소리쳐 식구들을 깨운다.

그다음 바깥문을 열었는데 기겁해 다시 닫는다.

세찬 비바람과 함께 처마 밑으로 떨어져 내리는 빗물이 바켓쯔로 쏟아 붓는 것만 같았기 때문이다.

부엌 마루를 열어보니 부엌에는 물이 가득 찼는데 부엌에서 키우던 토끼가 장작 위에 올라앉아 살겠다고 둥둥 떠다닌다.

집 안 천정에서 새드는 빗물이 방안 여기저기에 떨어져 내리는데 쌍가매는 "여기도 바켓쯔, 저기도 바켓쯔" 하며 부산이다.

쌍가매는 담요를 뒤집어쓰고 억수로 쏟아져 내리는 빗줄기를 맞으며 밖으로 뛰쳐나간다.

그런데 돼지우리에는 물이 가득 차 넘쳐 돼지가 보이지 않았고

강아지 집은 물살에 떠내려갔는데 강아지도 보이지 않고 염소 우리도 금방 떠내려갈 것만 같다.

집 앞 창고는 간신히 버티고 있는데 세찬 급물살에 반쯤 땅이 씻겨나갔다.

날이 푸름푸름 밝아오는데 동네 여기저기에서 고함소리가 들린다.

"집이 떠내려간다. 영옥아, 빨리 산으로 올라."

날이 점점 밝아오며 눈앞이 훤해지는데 빗줄기는 점점 약해지고,

쌍가매네 집을 제외한 이웃집들은 모두 급물살에 떠내려갔다.

"빨리 나와. 집이 위험해" 쌍가매가 소리친다.

식구들이 모두 나와 뒷산으로 오르는데 한참 빗속을 달리던 영주가 우뚝 멈춰 서더니 간신히 말뚝 하나에 의지해 있는 염소 우리 쪽을 한참 바라보고 섰다.

갓 낳은 새끼 두 마리는 떠내려가고 어미 염소가 살려달라는 듯 "음매⋯⋯." 하는데 은주는 "뭐해. 빨리 와." 하고 소리친다.

잠시 주춤거리던 영주는

"언니야, 조금만 기다려. 어미 염소가 너무 불쌍해. 살려달라고 하잖아." 하며 몸을 홱 돌려 아래쪽으로 냅다 달린다.

"영주야, 돌아서. 위험해." 하고 소리쳐 부르는데 어느새 집 앞에 다다라 반쯤 떠내려간 염소 우리로 첨벙~ 뛰어든 영주는 어미 염소를 끌어안는다.

그런데 잔뜩 겁먹은 어미 염소는 꼼짝도 안 한다.

영주는

"해란아, 어서 가자. 어서 가자니깐." 하며 어미 염소를 더 세게 끌어안고 몸을 일으키는 순간, 와르르~ 염소 우리가 세찬 물살에 떠내려가며 어미 염소를 꼭 껴안은 영주를 물속으로 삼켜버린다.

"영주야……."

그렇게 영주를 잃고, 집도 떠내려가고, 겨울이 왔다.

밤은 깊어 가는데 쌍가매는 은주와 성주를 흔들어 깨운다.

'가자. 날 밝기 전에 두만강을 건너자. 오빠가 있는 남쪽나라로 가자.'

아들을 찾아가는 그 길에 어떤 어려움과 난관이 앞을 가로막는지, 그땐 미처 몰랐다.

2016년 1월 27일

쌀가매네
다섯 딸들

ⓒ 장영진, 2023

초판 1쇄 발행 2023년 5월 18일

지은이   장영진
펴낸이   이기봉
편집   좋은땅 편집팀
펴낸곳   도서출판 좋은땅
주소   서울특별시 마포구 양화로12길 26 지월드빌딩 (서교동 395-7)
전화   02)374-8616~7
팩스   02)374-8614
이메일   gworldbook@naver.com
홈페이지   www.g-world.co.kr

ISBN   979-11-388-1918-3 (03810)